가요(歌謠) 따라가요

가요와 역사의 현장을 찾아서
(대구·경북편)

가요(歌謠) 따라가요

가요와 역사의 현장을 찾아서(대구 · 경북편)

초판 1쇄 인쇄일 2014년 11월 13일
초판 1쇄 발행일 2014년 11월 20일

지은이 김광원 · 김영아
펴낸곳 도서출판 유심
펴낸이 구정남
총괄   이헌건
사진   김광원
마케팅 최진태

주소   서울특별시 구로구 공원로 41, 805(구로동, 현대파크빌)
전화   02.832.9395
팩스   02.6007.1725
URL   www.bookusim.co.kr
등록   제2014-000098호(2014.7.8)

ISBN   979-11-953260-2-0 03810
값   12,500원

가요(歌謠) 따라가요

가요와 역사의 현장을 찾아서

(대구·경북편)

글 김광원·김영아

도서출판 U Sim

"노래를 한다, 노래를 해"

옛날 노래를 '옛날 노래'라고 해선 안 된다. 그럼 요즘 노래는? 그건 된다. 오히려 요즘 노래라는 말이 더 온당하다.

우리가 옛날 노래라고 부르는 곡들을 가만히 살펴보면 짧게는 10~20년, 오래된 것들은 100년 가까이 되어간다. 그 긴 세월 동안 살아남은 노래를 그저 '오래된' 곡이라 생각하면 곤란하다. '명곡'이라고 해야 옳다. 반면 요즘 유행하는 노래는 대부분 그저 잠시 불리다가 사라지는 곡이 될 가능성이 높다. 올해의 히트곡들이 10년 혹은 30~40년 뒤까지 불릴 것이라 확신을 할 수 있는 사람이 몇이나 있을까. 과거에도 그랬다. 제법 히트를 했지만, 세월과 함께 까맣게 잊힌 노래들이 많다. 말 그대로 '옛날 노래'가 되어버린 것이다.

사람들은 왜 유행가를 흘러가게 내버려두지 않고 곁에 붙들어두는 것일까. 곡조가 좋아서? 그럴 수도 있다. 클래식 못잖은 곡들도 있다. 그러나 그보다 더 중요한 이유는 노래의 멜로디와 가사가 바로 가장 곡절한 '마음'이기 때문이다.

"노래를 한다, 노래를 해."

어릴 때 이런 타박 한 번쯤은 다 들었을 것이다. 뭔가를 간절히 원할 때 우리는 '노래를 한다'. 반복해서 말을 하다 보면 나중에는 곡조가 붙는다.

이런 예도 있다. 한번은 텔레비전에 6.25때 전쟁터에 갔다가 돌아오지 못한 아들을 그리며 "언제 오나, 언제 오나." 하고 같은 말을 반복하는 할머니가 비쳤다. 그 말이 마치 노래처럼 들렸다. 유행가만큼 곡조가 화려하진 않았지만.

사람은 말로 다하지 못할 말을 노래로 하는지도 모른다. 혹은 무심히 흘려들었던 노래 속에 말로 다 못한 말을 발견하는 경우는 또 얼마나 많은가.

말로 채 하지 못한 말들, 사연들을 찾아 노래를 들으며 그 노래의 현장을 찾아보는 것도 좋을 듯하다.

대구와 경상도 지역에 직간접적으로 뿌리를 내리고 있는 노래를 선별했으며, 우연의 일치일 수도 있겠지만 연대별로 정리가 됐다. 노래를 따라가다 보면 자연스럽게 일제강점기부터 2000년대까지 근현대의 우리네 삶을 훑을 수 있다. 참조해서 읽었으면 한다.

2014년 11월

김 광 원 · 김 영 아

6

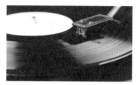

3. 그들은 어떻게 '학생'들을 학살했나

4. '월급 올려주세요' 하지 마!

7. 돈 돈 돈 돈, 이놈의 돈아!

1

"어데꺼정 가는기오?"

고모역
(대구 수성구 고모동)

'비 내리는 고모령'

어데꺼정
가는기오?

어머님의 손을 놓고 돌아설 때엔
부엉새도 울었다오 나도 울었소
가랑잎이 휘날리는 산마루턱을
넘어오던 그날 밤이 그리웁고나

맨드라미 피고지고 몇 해이런가
물방앗간 뒷전에서 맺은 사랑아
어이해서 못 잊느냐 망향초 신세
비 내리는 고모령을 언제 넘느냐

– '비 내리는 고모령'
　유호(俞湖·1921~) 작사 / 박시춘(朴是春·1914~1996) 작곡 /
　현인(玄仁·1919~2002) 노래 / 1948년 발표

현인 / 1974년 11월 / 아세아 / '비 내리는 고모령'을 불렀다.

볏섬이나 나는 전토는

신작로가 되고요

말마디나 하는 친구는

감옥소로 가고요

담뱃대나 떠는 노인은

공동묘지 가고요

인물이나 좋은 계집은

유곽으로 가고요

– 〈고향〉 중에서
현진건(玄鎭健·1900~1943)

"어데꺼정 가는기오?"

사람의 말은 노래를 닮았다. 노래는 남들에게 '들려주는' 것이지만, 사실은 자기를 위해서 부른다. 스스로의 마음에 스미지 않는 가락을 누가 밖으로 토해내겠는가.

말도 마찬가지다. 타인에게 건네는 말 같지만 사실은 자기 자신에게 하는 것인 경우가 많다.

현진건이 쓴 소설 〈고향〉에도 그런 말이 등장한다.

'나'는 기차를 타고 '대구에서 서울로 올라오는' 길이었다. 그와 마주 앉은 사내가 말을 걸어왔다. 그것도 투박한 경상도 사투리로.

"어데꺼정 가는기오?"

고모역 철길에 선 김영아.

'나'는 그를 상대하기 싫었다. 사내의 인상이 별로였다. 기모노에 옥양목 저고리, 중국식 바지를 입은, 한마디로 '웃기는 짬뽕'이었다. 게다가 쉴 새 없이 떠들었다. 주변에 앉은 중국인, 일본인에게 중국어와 일본어로 말을 걸어댔다. 드디어 '나'의 차례. '나'는 마뜩찮아도 대꾸는 해준다. 정 많은 대구 사람답게.

"서울까지 가오."

사내는 반색을 한다.

"그런기오? 참 반갑구마. 나도 서울꺼정 가는데. 그러면 우리 동행이 되겠구마."

이 순진한 사내를 어떻게 요리해야 할지 막막했던 걸까. '나'는 '덤덤히 입을 닫쳐버렸다.'

　사실, 사내는 '나'에게 거짓말 아닌 거짓말을 했다. 다음에 오간 대화를 보면 알 수 있다. 그는 서울까지 가는 길이었다. 그런 면에선 '나'와 동행이었다. 그러나 사내와 '나'는 서로 다른 '서울'로 가는 길이었다.

　"우리 같은 막빌이꾼이 차를 나려서 어데로 찾아가야 되겠는기오? 일본으로 말하면 '기진야도' 같은 것이 있는기오?"

　부잣집 도령 진건에게는 짐을 풀고 쉴 집이 있었겠지만, 사내에겐 정처 없는 타관일 뿐이었다. 지명만 같은 서울일 뿐, 의미가 전혀 달랐다. 사내가 던진, "당신은 어디까지 갑니까?" 하는 질문의 진짜 의미는 이것이 아니었을까.

　- 서울까지 가긴 가는데, 그 다음엔 어디로 가야 하죠? 나는 도대체 어디로 가고 있는 거죠?

　그의 질문이 익숙하다. 그것은 조선인의 물음이었다. 나라도 잃고 희망도 없이, 우리는 어디로 가야 하나. 정처없는 발길을 어디로 옮겨야 하나.

　은하수를 건너서 구름나라로
　구름나라 지나선 어디로 가나
　멀리서 반짝반짝 비치이는 건
　샛별이 등대란다 길을 찾아라

　- '반달'
　　윤석중(尹石重·1911~2003) 작사 / 홍난파(洪蘭坡·1897~1941) 작곡 / 1927년 발표

백년설
-
1968년 5월
라미라레코드
'번지 없는 주막'을 불렀다.

세상이 뒤바뀌고 폐허가 된 고향

사내의 고향은 대구에서 멀지 않은 K군이었다. 일제강점기에 대구에서 멀지 않았다면 지금은 바로 대구 어느 동(洞)일 것이다. 동네에서 사내는 부모님과 그럭저럭 배곯지 않고 살았다. '세상이 뒤바뀌기' 전에는.

일제의 강점과 함께 동네가 급격히 쇠락했다. 땅이 모두 '동양척식주식회사(東洋拓殖株式會社, 1908년에 설립한 식민지 착취기관) 소유로 넘어가고, 중간소작인이란 제도가 생겨서 소출을 이중으로 뜯겼다. 사람들은 고향을 떠났다. 사내도 부모님을 모시고 서간도로 갔다. 살길을 찾아 밟은 중국 땅이었지만 거기도 힘들기는 마찬가지였다.

당시의 풍경은 '타향살이'란 노래에 비친다.

타향살이 몇 해던가
손꼽아 헤어보니
고향 떠난 10여 년에
청춘만 늙~어

– '타향살이'
김능인(金陵人·1911~?) 작사 / 손목인(孫牧人·1913~1999) 작곡 /
고복수(高福壽·1911~1972) 노래 / 1933년 발표

고모역에도 고향을 떠나는 사람들이 넘쳐났을 것이다. 고모역은 1925년에 세워져 1931년에 '보통역'이 되었다. 보통역은 여객 수요가 잦은 역을 뜻한다. 승객 중에는 현진건처럼 서울로 유학을 떠나는 이들도 있었겠지만, 돌아올 기약도 정처도 정하지 못한 채 길을 떠나는 이들도 많았을 것이다. 역사학자에 따르면 해방 후 남한만 해도 200만 명이 넘는 조선인이 고국으로 돌아왔다. 한반도 인구가 2,000만 명 남짓이던 시절이었으니 적어도 전체 인구의 10분의 1이 타향살이를 한 셈이었다. 영영 돌아오지 못한 사람들까지 합치면 고향을 등진 이들이 얼마나 많았을까.

고모역 근처에 있는 고모령을 배경으로 하고 있는 '비 내리는 고모령'도 떠나는 사내의 이야기를 담았다. 가사에서 화자로 등장하는 아들은 강제징용으로 먼 길을 떠나려 한다. 어머니의 손을 한참이나 붙들고 있다가 차마 떨어지지 않는 걸음을 놓는 모습이 눈에 보이는 듯하다.

전해오는 이야기는 이렇다. 징병 가는 젊은이들이 탄 열차가 고모령을 넘

고모역 역사 전경. 가요박물관 설립을 추진하고 있다.

어가고 있었다. 당시 기차는 증기로 움직이던 터라 힘이 약했다. 경사진 고모
령을 한 번에 넘지 못하고 느릿느릿 기듯이 올랐다. 이 소식을 들은 어머니들
이 고모령에 몰려왔다. 자식들의 얼굴을 조금이라도 더 보려고.

댓잎처럼 시퍼런 아들을 보내야 하는 어머니의 심정은 어땠을까. 징용은
'가면 못 돌아온다'는 소문이 파다했던 죽음의 길이었다. 남아있는 자들도 일
제의 수탈로 온갖 고초를 다 겪을 수밖에 없었다. 젊은 사람이야 혈기라도
있었지만 어머니는 자식을 의지하며 살아갈 나이에 홀로 남아 얼마나 고생
이 심했을까. 일제의 등쌀에 몸과 마음 모두가 피폐해졌다.

이런 생각도 해본다. 고모령에서 맏아들을 징용 떠나보낸 어머니는 살길
을 찾아 어린 자식들을 이끌고 타지로 떠났을지도 모른다. 〈고향〉 속의 어머
니처럼. 〈고향〉의 어머니는 남편과 자식을 따라 이국땅으로 도망치듯 떠나

왔지만 어머니를 맞이한 것은 고된 노동과 허기뿐이었다. 결국 얼마 못 가 몸져누웠다.

"돌아가실 때 흰죽 한 모금도 못 자셨구마."

그렇게 말하는 사내의 눈에 눈물이 그렁그렁 맺혔다. '비 내리는 고모령'이 사내가 살았던 시기에 나왔다면 그는 아마 이렇게 흥얼거렸을지도 모른다.

눈물 어린 인생고개 몇 고개이더냐
장명등이 깜박이는 주막집에서
손바닥에 서린 하소 적어가면서
오늘 밤도 불러본다 망향의 노래

태평양전쟁도 잊을 만큼 평화로운 땅, 조선

조선인은 양지를 모두 일본인에게 빼앗겼다. 조선인은 음지, 일본인은 양지. 일제강점기의 한반도는 선으로 그은 듯이 양분되었다.

일제강점기에 조선에서 살았던 일본인들은 그 시절을 아름답게 회고한다. 조선인들에게는 너무나 살기 힘들어 떠날 수밖에 없는 땅이었지만 일본인들에게는 영원히 머물고 싶은 천국이었다.

진남포에 히비야 시게이치라는 일본인이 거주했다. 강점기가 끝나고 일본으로 돌아간 그는 우리가 듣기엔 어리둥절한 고백을 남겼다.

"사과밭이 펼쳐진 평화로운 땅, 태평양전쟁도 잊을 만큼 평화로운 땅."

남인수
–
1973년 8월
대도
'애수의 소야곡'을 불렀다.

　식민지 일본인들은 '부'(府)와 '지정면'(指定面)을 중심으로 일본인촌을 형성해 넉넉한 생활공간과 깨끗한 위생환경을 누렸다. 특히 한반도에서 태어난 일본인들에겐 조선이 고국보다 더 아늑하고 그리운 곳이었다. 그들 중의 한 명인 마리코라는 여성은 오랜 시간이 흐른 뒤에도 자식들에게 종종 이런 말을 했다고 한다.

　"(서울의) 번화가에 가면 멋쟁이가 넘쳤단다. '모던 보이'와 '모던 걸'들이 죄다 모여들었지. 도쿄의 긴자(銀座) 거리 못잖았다. 게다가 그곳에 머물렀던 일본인(여행객)들은 본토 사람처럼 섬나라 근성에 사로잡혀 좀스럽거나 봉건적이지 않았어. 그 높고 파랗던 하늘이 아직도 그립구나!"

　그녀가 까맣게 모르는 것이 있었다. 바로 그 땅의 원래 주인들에 관한 것이었다. 그녀는 '원주민'을 거의 기억하지 못했다. 주위엔 온통 일본어를 쓰는 사람들이었다. 조선인은 특별 거주지 바깥에 있었고, 마주쳐도 요즘 말로 존재감이 거의 없었기에 인식조차 하지 못했다. 그들이 사는 한반도는 일본인의, 일본인에 의한, 일본인을 위한 공간이었다.

그들이 행복한 유년을 보내는 동안 그곳의 원주민들은 피폐한 삶을 살았다. 한반도에 거주한 일본인들은 자신의 조국이 영토를 넓히기 위해 전쟁을 준비하고 도발하는 과정에서 원주민들이 극한에 가까운 고통을 일상적으로 겪었다는 사실을 까맣게 몰랐다. 누군가 진실을 말해주었다 하더라도 그것을 무시했을 가능성이 높다. 유년의 추억에 검은 얼룩을 만들기는 싫었을 것이기 때문이다. 그들은 대개 죽을 때까지 자신이 태어나 자랐던 조선을 평화의 땅으로 기억했다. 조선인들은 도무지 납득할 수 없는 그녀만의 '이상한 나라'였다.

그녀에게 '비 내리는 고모령'을 들려주면 뭐라고 대답할까?

"아드님이 서울로 유학을 갔던 모양이네요. 일본 제국이 훌륭한 근대교육을 도입한 덕분에 조선인들도 양질의 교육을 받을 기회를 많이 얻었을 거예요."

조선인에게 한반도는 '폐허'요, '옛터'였다. 발전시킬 나라도 돌볼 백성도 없었다. 조선인은 남의 땅에 얹혀사는 나그네로 전락했다.

황성 옛터에 밤이 되니 월색만 고요해
폐허에 서린 회포를 말하여 주노라
아, 가엾다, 이 내 몸은 그 무엇 찾으려고
끝없는 꿈의 거리를 헤매어 있노라

'황성옛터'(1928) 노래비. 영천시 성내동 조양공원에 있다. 왕평의 고향인 청송에도 또 다른 '황성옛터' 노래비가 세워져 있다.

성은 허물어져 빈터인데 방초만 푸르러
세상이 허무한 것을 말하여 주노라
아, 외로운 저 나그네, 홀로서 잠 못 이루어
구슬픈 벌레소리에 말없이 눈물져요

– '황성 옛터'
　　왕평(王平·1908~1940) 작사 / 전수린(全壽麟·1907~1984) 작곡 /
　　이애리수(李愛利秀·1910~2009) 노래 / 1928년 발표

그때, 조선은 기생이었다

　거주지를 명백하게 구분한 데서 알 수 있듯이, 일본인들은 일본적인 것
이외의 어떤 것도 인정하지 않았다. 일본적인 것들을 차츰 확장해 조선적

인 모든 것들을 말살하려고 들었다. 조선인들은 일본인들 때문에 금수강산이 폐허로 변했다고 생각했지만, 일본인들은 애당초 조선이 비문명과 야만으로 그득한 곳이라고 여겼다. 마리코의 아버지는 딸에게 이렇게 말했을지도 모른다.

"일본인 거주지 밖으로는 발도 들여놓지 말거라. 거긴 야만과 부정이 판을 치는 곳이란다. 공기부터 달라. 조선인이 옆을 지나갈 때는 손수건으로 코와 입을 막거라."

19세기 후반, 일본제국주의자들은 조선을 '문명국'이 다스려주지 않으면 굶어죽기 딱 좋을 만큼 미개하고 야만적인 나라로 규정했다. 그들은 이를 증명하기 위해 염탐꾼을 보냈다. 메이지 시기 조선 전문가로 알려진 혼마 큐스케(1869~1919)가 쓴 《조선잡기》에는 이런 편견이 그득하다.

그가 목격한 조선은 '모든 것이 불결한 데다 도저히 참을 수 없는 음식과 나태하고 부패한 관리들, 도무지 납득할 수 없는 풍속들 투성이'었다.

그는 심지어 어린아이들까지 웃음거리로 삼았다. 서당에서 본 풍경을 그는 이렇게 기록했다.

"아동의 학령은 대개 열 살부터 열네다섯 살에 이른다. 아동이 서적을 외울 때에는 한 번 외울 때마다 좌우로 흔드는데, 그 모양이 마치 종이호랑이와 같아 실로 웃음을 사기에 족하다."

사족을 달자면, 공부할 때는 몸을 움직이는 것이 좋다. 일정한 리듬과 박자에 맞춰 몸을 움직이면 집중하는 데 도움이 된다. 뇌에 산소가 공급되는 까닭이다.

이런 작업은 강점 후에도 계속되었다. 이들은 《조선잡기》를 비롯한 다양한 책을 발행하는 동시에 대중이 쉽게 인식할 수 있도록 엽서를 제작했다. 엽서는 이른바 조선 사람들이 살아가는 모습과 풍속을 담고 있었다. 그 속엔 번듯한 모습이 없었다. 어느 잡지사 기자가 일제강점기 조선 최대의 사진엽서 제작소를 살핀 뒤 이런 글을 썼다.

"조선풍속 사진이 보인다. 아, 참아 볼 수 업는 그 꼴이다. 일본 사람들의 하는 즛도 과연 어룬답지 못하다. 남의 조흔 것은 영영 숨겨두고 남의 납분 것은 한사코 내여 건다. 고런 안이꼬운 심사들이 어대 또 잇슬가……. 일본 사람 중에는 엇지 그보다 더 꾀죄주한 꼴이 업슴을 기필(期必)하랴. 그들 중에는 그보다 더 추솔(醜率)한 것이 만음을 내 눈으로 보앗다. 미국 사람 중에도 잇고 영국 사람 중에도 잇다."

일본은 이런 엽서를 통해 조선인들에게 근대화 능력이 없음을 널리 인식시키고, 서구로부터는 식민지배가 정당하다는 동의를 구했다. 단순히 성깔이 나빠서 한 짓이 아니었다. 강점의 정당성을 확보하려는 저의가 숨겨져 있었다.

이 과정에서 가장 큰 피해를 본 이들이 여성이었다. 강점 초기 이미지 왜곡의 단두대에 오른 첫 번째 대상은 기생이었다.

'기생관광'이라는 말이 있었다. 여기서 '기생'은 매춘부를 뜻한다. '기생'이라는 존재에 내한 역사적 '사실'을 떠나 저 말을 쓰는 사람들의 머릿속에 자리 잡은 '기생'이라는 단어에 대한 관념이 그러했다는 말이다.

기생을 매춘부로 규정한 것은 일제였다. 1914년, 이마무리 토모에(今村鞆丙)가 발표한 《조선풍속집》에 잘 나타나 있다. 그는 식민지 경찰 노릇을 하고 있었고, 기생을 주저 없이 매춘부라고 규정했다. 이 책은 일본 대중과 민속학자들에게 '조선 민속에 관한 유일한 입문서'로 통한 만큼 파급력이 대단했다.

이렇게 대놓고 매춘부라고 하기 전, 이들은 교묘한 절차를 밟았다. 1916년에 실시한 공창제가 그 시작이었다. 공창제가 자리 잡는 과정에서 일제는 성병의 전염을 차단하고 '정상' 여성을 보호한다는 명분 아래 경찰을 투입해 성병 검사 등을 실시했는데, 이 과정에서 느닷없이 기생이 매춘 집단의 일부로 슬쩍 편입됐다. 기생이 가진 전통문화 계승·전수자로서의 가치는 순식간에 사라졌다.

앞서 언급한 사진엽서에서도 가장 관심이 집중된 대상이 '기생'이었다. 이를테면, 사진엽서는 분류번호가 뒤죽박죽인데 기생만큼은 500번대에 정연하게 몰려 있었다. 또한 '조선풍속 기생 채색화엽서'라는 이름으로 수백 종의 엽서가 특별히 제작·판매되었다. 기생에 대한 남다른 관리가 있었음을 확인할 수 있다.

기생을 중심으로 한 이미지 왜곡에는 또 다른 함정이 숨겨져 있었다. 바

남인수
-
1968년 3월
오아시스
불후의 히트 선집

로 기생이 조선 여성 자체로 인식되게 된 것이다. 이것은 일본의 게이샤가 일본을 표상하는 존재가 되어 서양에서 '나비부인' 같은 오페라가 탄생한 과정과 동일하다. 이들은 자신들이 서구에 당한 그대로 조선을 학대한 것이다.

기생이 조선 전체를 상징하는 존재가 된 것을 드러내는 사례는 많다. 그중에서 1915년에 나온 '조선물산공진회'(朝鮮物産共進會, 일제가 전국의 물품을 수집해서 경복궁 일원에 전시한 박람회) 포스터가 대표적인 예다. 포스터에는 경복궁과 박람회장을 배경으로 기생이 서 있는 모습이 그려져 있었다. 포스터가 알리는 내용은 조선총독부 주최로 시정(始政) 5년을 기념한 박람회를 개최한다는 것이었다. 기생과 박람회는 큰 상관이 없었다. 박람회의 목적은 근대화한 '문명국'인 일본이 전근대적이고 야만적인 조선을 얼마나 발전시켰느냐를 과시하는 것이었다. 주요 출품 목록은 공산품이었고, 이를 통해 식민지배의 정당성을 확보하는 것이 주 목표였다. 여기에 기생이 등장한 것은 기생이 곧 조선을 표상한다는 것을 의미한다. 요컨대, 전통문화의 중요한 부분을 계승 발전시킨 예인으로서의 기생이 아니라 '매춘부'로 전락시킨 기생을 내세워 조선 전체를 폄훼한 것이다.

일본 우익이 한국과 한국 사람에 대해 가지는 이미지는 이때 확정되었다고 볼 수 있다. 위안부를 노예가 아닌 자발적 성접대부로 생각하거나 대놓고 한국 여자들을 폄훼하는 태도는 일제강점기를 정당화하려고 애쓴 학자들과 일제가 대중과 '자라나는 세대'를 적극적으로 세뇌시킨 결과다.

그리고, 일제의 '이미지 통치'는 아직도 끝나지 않았다. 적어도 일본 본토에서는.

조선의 긴 하루, '운수 좋은 날'

다시 〈고향〉으로 돌아와 보자. 서울로 간 사내는 어떻게 되었을까? '나'의 충고대로 기진야드를 찾아갔을 것이다. 그의 말마따나 특별한 기술도 없는 그가 얻을 수 있는 일자리는 막노동밖에 없었을 것이다. 그 막일 중에서 가장 힘든 것은 인력거꾼이다. 〈고향〉은 자연스럽게 〈운수 좋은 날〉로 이어진다. 마치 현진건이 기차간에서 만난 '나'의 몇 년 뒤 이야기가 〈운수 좋은 날〉인 것 같다.

인력거꾼이 얼마나 험한 직업이었는가는 인력거꾼들의 평균 수명을 보면 알 수 있다. 주요섭은 〈인력거꾼〉에서 무리한 노동 때문에 인력거꾼들

남인수 동상. 진주시 진양호에 세워져 있다.

이 9년 이내에 다 죽는다고 묘사했다. 인력거를 끌다가 어느 순간 폭, 고꾸라져도 아무도 관심을 가지지 않았다. 갑작스런 죽음이 당연하게 여겨졌으니까.

〈인력거꾼〉에서는 주인공 아찡이 갑자기 죽지만, 〈운수 좋은 날〉에서는 인력거꾼의 아내가 죽는다.

김 첨지는 아침에 집을 나올 때부터 불안하다. 입으로 몇 번이나 "운수가 좋다."는 말을 뇌까리지만 불안한 마음은 도무지 안정되지 않는다. 한번은 아내 생각에 멍하니 길가에 멈춰서기도 한다.

이야기는 처음부터 끝까지 '불행한 현실'과 이를 덮으려는 '운수'가 치열한 경쟁을 벌인다. 두 개의 세계관이 경합을 벌이는 모양새다.

일제는 조선이 일본 덕에 문명화되었고 산업발전도 이루었다고 선전했지만(조선물산공진회), 조선은 계속 피폐해질 뿐이라고 생각했다. 현진건은 두 가지 시선 중에서 후자를 선택한다. 〈운수 좋은 날〉 속의 인력거꾼 아내는 결국 죽음을 맞이한다.

산 사람의 눈에서 떨어진 닭의 똥 같은 눈물이 죽은 이의 뻣뻣한 얼굴을 어룽어룽 적신다. 문득 김 첨지는 미친 듯이 제 얼굴을 죽은 이의 얼굴에 한데 비비대며 중얼거렸다.

"설렁탕을 사다 놓았는데 왜 먹지를 못하니, 왜 먹지를 못하니? 괴상하게도 오늘은 운수가 좋더니만……."

김 첨지의 마음을 그린 듯한 노래가 있다. '애수의 소야곡'. 언뜻 사랑 노래처럼 들리지만 절절한 망국의 슬픔을 담았다고 알려져 있다.

운다고 옛 사랑이 오리오마는
눈물로 달래보는 구슬픈 이 밤
고요히 창을 열고 별빛을 보면
그 누가 불어주나 휘파람 소리

차라리 잊으리라 맹세하건만
못생긴 미련인가 생각하는 밤
가슴에 손을 얹고 눈을 감으면

애타는 숨결마저 싸늘하구나

무엇이 사랑이고 청춘이던고
모두 다 흘러가면 덧없건마는
외로이 느끼면서 우는 이 밤은
바람도 문풍지에 애달프구나

- '애수의 소야곡'
　이부풍(李扶風·1914~1982) 작사 / 박시춘 작곡 / 남인수(南仁樹·1918~1962) 노래 / 1937년 발표

'운수 좋은 날'은 김 첨지의 하루가 아니었다. 조선의 긴 하루였다. 문명국
이 비문명국을 다스려준 '운수 좋은 날'. 기가 막힌 이야기지만 일본인들 중
에는 아직도 이렇게 믿고 있는 이들이 많다. 현진건이 탄생시킨 또 다른 소
설 속 주인공의 탄식이 들려오는 듯하다.

"그 못쓸 사회가, 왜 술을 권하는고!"
- 〈술 권하는 사회〉(현진건)

부엉새도 울었다오 나도 울었소
　고모역엔 더 이상 여객 기차가 다니지 않는다. 징용을 떠나는 아들을 보러
나오는 어머니의 이야기는 말 그대로 옛일이 되었다. 그렇다고 모든 것이 끝
나지는 않았다. 일본은 아직도 과거를 반성하지 않고 있고, 꽃 같은 나이에

끌려간 '소녀'들은 아무 사과도 받지 못했다. 그 긴 하루 동안의 상처가 언제 아물지 아무도 확신할 수 없다.

20세기는 그토록 쓸쓸하게 열렸다. '말 잘하는 친구는 감옥에 가고 인물 좋은 여사는 유곽으로(군부대로) 끌려가던' 그 시대, 우리에게 가요만큼 위로가 된 것이 있었을까.

그 시절의 가요는 가끔 툭툭 콩알 튀는 소리가 나는 LP로 들어야 제 맛이다. 그런 잡음들이 어쩐지 토닥토닥 처진 어깨를 두드리는 소리처럼 들리기 때문이다. 그 시절 민초들은 물 한 모금 마시고 고개를 넘어가듯이 가요 한 자락에 힘든 세월을 꾸역꾸역 넘어오지 않았던가.

어머님의 손을 놓고 돌아설 때엔
부엉새도 울었다오 나도 울었소
가랑잎이 휘날리는 산마루턱을
넘어오던 그날 밤이 그리웁고나 *

가을이 다 가도록
소식도 없네

징용과 관련해 빼놓을 수 없는 노래가 있다. 나훈아가 부른 '물레방아 도는데'. 발표 연도를 보면 산업화 시기에 고향을 떠난 젊은이의 사연을 담은 것 같지만 작사자(정두수·1937~)가 밝힌 사연은 의외다.

"(노래 가사 속의) '소식도 없는 주인공'은 바로 일제강점기에 전쟁터로 끌려가 주검으로 돌아온 삼촌."

- 〈서울신문〉 2014년 2월 12일

기자는 그의 휴대전화 연결음이 '물레방아 도는데'라고 전했다. 그만큼 가장 애절하게 다가오는 노래인 것이다.

징용 간 삼촌을 그리며 써내려갔을 노랫말을 음미해보면 노래가 새롭게 다가온다.

돌담길 돌아서며 또 한 번 보고

징검다리 건너갈 때 뒤돌아보며
서울로 떠나간 사람
천리타향 멀리 가더니
새봄이 오기 전에 잊어버렸나
고향의 물레방아 오늘도 돌아가는데

두 손을 마주잡고 아쉬워하며
골목길을 돌아설 때 손을 흔들며
서울로 떠나간 사람
천리타향 멀리 가더니
가을이 다 가도록 소식도 없네
고향의 물레방아 오늘도 돌아가는데

– '물레방아 도는데'
　박춘석(朴椿石·1930~2010) 작곡 / 정두수(鄭斗守·1937~) 작사 /
　나훈아(羅勳兒·1947~) 노래 / 1972년 발표 *

증언, 끌려간
사람들의

잘 정리된 기록보다 다소 산만하지만 생생한 목소리가 더 깊은 울림을 줄 때가 있다. 아래는 일제강점기를 몸으로 체험한 이들의 고백들이다. 그들은 앞으로는 웃는 얼굴로 살갑게 대하는 척했지만 뒤로는 조선인들을 착취하기 위해 혈안이 되어 있었던 일본인들의 진짜 얼굴을 그렸다.

#1

강병주(남): 1910년 평안북도 출생, 은행 지점장

"조선 전역에 걸쳐서 일본 정부는 사람들의 마음가짐을 통합하기 위해 많은 노력을 기울였어요. 공적인 일로 만나면서 잘 알게 된 친구 중에 일본인 경찰서장이 있었어요. 우리는 종종 함께 바둑을 두곤 했어요. 그러니까 친구 사이였다고 할 수 있겠지요. 하지만 '일심동체'라는 슬로건에 속지는 않았어요! 말은 그럴듯했지만요."

#2

김OO(가명, 여) : 1931년생, 주부

"일제는 1월 1일을 설날로 삼았지만 우리 조선인은 몇 주일 뒤에 오는 음력 설을 쇠었어요. 조선 풍속을 없애려는 목적으로 어떤 일본인 교사들은 음력 설날에 학생들을 데리고 야외학습을 가기도 했어요."

#3

김봉숙(여): 1924년 경기도 출생, 주부

"내가 스무 살 때 동네 애국반(감시집단이자 스파이조직으로 총독부 명령 을 전달하는 통로였다)이 찾아와서 내 나이와 혼인 여부를 확인했어요. 부모 님은 나를 결혼시키기로 결정했어요. 그러면 정신대를 갈 필요가 없을 테니 까요. 그래서 부모님 말씀에 따라 결혼을 했는데, 나중에 돌아보니 큰 행운 이었어요. 내가 그 사람들에 대해서 알게 된 건 남편이 일본 군대에 끌려가 전선에 보내졌을 때 만주에서 군인들을 상대하는 조선 여자들을 많이 만났 기 때문이에요. 여자들이 있는 막사 문 밖에서는 사내들이 줄을 서서 차례 를 기다렸대요. 여자는 안에서 그저 누워 있을 따름이었죠. 사내들에게는 한 명당 약 7분 정도의 시간이 허락됐는데, 제때 나오지 않으면 그 다음 사내 가 곧장 들어가서 끌고 나왔다지요. 문마다 순서를 기다리는 사내들이 길게 늘어서 있었구요. 그렇지만 남편은 자기 차례가 되었을 때 그저 안에 들어가 기만 하고 그 짓을 할 수가 없었대요."

#4

정재수(남): 1923년 전라북도 출생, 학생·조선소 징용 노동자

"우리는 미군 비행기에 발각되지 않도록 위장한 거대한 군함에서 일했어요. 배의 바닥 깊은 곳에서 해야 하는 일이었지요. 햇빛을 보지 못했어요. 그 안에 떠다니는 까만 먼지가 우리를 검댕으로 뒤덮었고요. 그래서 노동자들은 모두 까맸어요. 몸 전체가 완전히 까맸지요.

전쟁포로들도 우리와 섞여서 그곳에서 일했어요. 이 사람들은 대부분 싱가포르에서 잡힌 영국인들이었어요. 굶주림에 시달려왔다는 것을 금방 알 수 있었죠. 뼈와 가죽만 남아있었거든요. 포로들은 음식찌꺼기를 찾아 쓰레기통을 뒤졌어요.

하루는 소란이 벌어졌어요. 장교가 일본어를 못하는 한 조선인 소년을 내게 맡겼어요. 어느 날, 그 아이와 내가 함장에게 도시락을 배달하느라 간수들 앞을 지나게 됐지요. 이 간수들은 대부분 야쿠자라는 음성 조직 출신들이었어요. 깡패들은 정규군에서 받아들이지 않았기 때문이죠. 일본인들조차 더럽다며 그들을 피했어요. 그런데 경찰이 이들을 간수로 고용한 거예요. 이 녀석들은 싸움에 능했어요. 간수 앞을 지나칠 때 일본어로 '실례합니다'라는 말을 먼저 해야 하는데, 이 소년은 일본어를 할 줄 몰랐기 때문에 그렇게 하지 못했죠. 그런데 간수들은 그것을 극도로 불경하고 무례한 일로 여겼어요. 간수들이 소년을 두들겨 팼어요. 그놈들은 만사를 주먹질로 해결했지요."

강자는 교만해지기 마련이다. 힘이 있으면 쓰고 싶어진다. 일본인들의 힘이란 합리적인 기반에서 얻어진 것이 아니었다. 폭압적이고 비논리적일 수밖에 없었다. 비정상적인 힘을 얻은 이들이 얼마나 어처구니없는 일을 저질렀는가는 이들의 증언만으로는 부족할 것이다.

– 인용: 《검은 우산 아래에서, 식민지 조선의 목소리》(힐디 강 / 산처럼)
　　120쪽, 222쪽, 242쪽, 243쪽~ *

2

굳세었다, 금순이

영남루
(경남 밀양)

'굳세어라 금순아'

굳세었다,
금순이!

눈보라가 휘날리는 바람찬 흥남부두에
목을 놓아 불러봤다 찾아를 봤다
금순아 어디를 가고 길을 잃고 헤매었던가
피눈물을 흘리면서 1.4 이후 나 홀로 왔다

– 중략 –

철의 장막 모진 설움 받고서 살아를 간들
천지간에 너와 난데 변함 있으랴
금순아 굳세어다오 남북통일 그날이 되면
손을 잡고 울어보자 얼싸안고 춤도 춰보자

– '굳세어라 금순아'
　박시춘 작곡 / 강사랑(姜史浪·1910~1985) 작사 / 현인 노래 / 1953년 발표현인 / 1972년 11월 / 아세아 / '비내리는 고모령'과 '굳세어라 금순아'가 수록돼 있다.

'진수가 돌아온다. 진수가 살아서 돌아온다.'

하근찬이 쓴 〈수난이대〉(1953)의 첫 대목이다. 아버지는 아들을 만나러 기차역으로 간다. 뭔가 찜찜하고 불안하지만 운명이 그렇게 잔인할까, 하는 생각으로 마음을 다독인다.

불안의 뿌리는 자기 자신이다. 아버지는 징용을 겪었다. '비 내리는 고모령'의 주인공처럼 징용에 끌려갔다가 팔 한 쪽을 잃었다.

기차역에 들어서면서 아버지는 가슴이 철렁 내려앉는다. 벽시계 때문이었다.

'정거장 대합실에 들어선 만도는 먼저 벽에 걸린 시계부터 바라보았다. 2시 20분이었다. 벌써 2시 20분이라니, 내가 잘못 보았나……. 아무리 두 눈을 씻고 보아도 시계는 틀림없는 2시 20분이었다.'

지각이었다. 아침 먹고 나온 길인데, 벌써 점심이 지났다니. 그는 놀란 마음을 추스르고 시계를 자세히 쳐다본다. 역시나!

'자세히 보니 시계는 유리가 깨어졌고 먼지가 꺼멓게 앉아 있었다.'

고장 난 벽시계였다. 양복쟁이에게 물어서 정확한 시간을 알아냈지만 뭔가 불길하다. 시계가 깨졌다니.

"아부지!"

'틀림없는 아들이었으나, 옛날과 같은 진수가 아니었다. 양쪽 겨드랑이에 지팡이를 끼고 서 있는데, 스쳐 가는 바람결에 한쪽 바짓가랑이가 펄럭거리는 것이 아닌가.'

아들은 다리를 잃었다. 아버지는 속으로 탄식한다.

사명대사 유정의 생가. 경상남도 기념물 제116호로 지정돼 있다.

'이제 새파랗게 젊은 놈이 벌써 이게 무슨 꼴이고. 세상을 잘못 만나 진수 니 신세도 참 똥이다 똥.'

아들도 마찬가지다.

'나꺼정 이렇게 되다니 아부지도 참 복도 더럽게 없지.'

두 사람은 서로를 불쌍하게 여기면서 힘을 합쳐 외나무다리를 건넌다. 다 리가 성한 아버지가 아들을 업고, 팔이 성한 아들은 짐을 들었다.

'만도는 아직 술기가 약간 있었으나, 용케 몸을 가누며 아들을 업고 외나 무다리를 조심조심 건너가는 것이었다. 눈앞에 우뚝 솟은 용머리재가 이 광 경을 가만히 내려다보고 있었다.'

두 사람이 힘을 합쳐 외나무다리를 건너는 모습에서 우리 민족의 장래가 보이는 듯하다. 육체뿐 아니라 모든 것이 폐허가 된 뒤였다. 더 가난할 수 없

예림서원. 김종직의 학문과 덕행을 기리기 위해 지은 서원으로 밀양군 부북면 후사포리에 있다.

을 정도로 피폐했던 전쟁 직후, 우리가 가질 수 있는 것은 용기밖에 없었다.

〈수난이대〉만큼이나 우리를 격려하고 응원했던 노래가 있었다. '굳세어라 금순아.'

금순이를 만나려면 밀양으로 가야 한다. '굳세어라 금순아'를 작곡한 박시춘이 밀양 사람이기도 하지만, 금순이는 여러 면에서 밀양과 깊은 인연이 있다.

가자, 밀양으로. 굳센 금순이를 만나러.

이거 왜 이래, 나 밀양 여자야!

밀양의 역사에는 '칼'이 많다.

밀양의 대표적인 설화부터가 그렇다. '아랑 설화' 속의 아랑은 목에 칼을 꽂

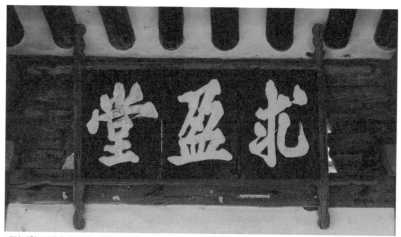
예림서원 구영당. 학문을 배우는 강당이었다.

은 모습으로 나타나 신관 사또에게 호소한다.

밀양의 대표적인 명승지인 표충사도 예외가 아니다. 그곳에는 서산대사
(休靜·1520~1604)와 사명당(四溟堂·1544~1610) 등의 위패가 있는데, 이들
모두 임진왜란 때 칼을 들고 일어선 승려다. 두 승려 중에서 서산대사는 주
로 협상을 맡고 사명당이 전투를 지휘했다고 한다. '칼'을 든 이력만 놓고 보
면 사명당이 주력군이었던 셈인데, 그의 고향이 바로 밀양이다. 이런 칼의
전통 때문인지 일제강점기에는 조선의 독립운동 단체 가운데 가장 급진적
인 단체를 만들었다. 의열단이었다. 이들은 조선총독부와 부산경찰서, 밀
양경찰서, 종로경찰서, 동양척식회사 등에 폭탄을 투척하고, 일본 고위 장
교를 저격했다.

밀양이 배출한 대표적인 학자이자 정치인인 김종직(金宗直·1431~1492)

밀양 영남루. 우리나라 최고의 누각 중 하나로 꼽힌다.

도 빼놓을 수 없다. 그는 조선 최초의 사화로 일컬어지는 무오사화(戊午史 禍·1498·연산군 3년)의 발단이 된 조의제문을 작성한 인물이다. 본인의 뜻 이야 어찌 되었건 조선 정치판에 '칼'을 불러온 장본인이 된 셈이다.

마지막으로 언급할 사람은 기생 '운심'이다. 운심에 대해선 좀 긴 설명이 필 요하다. 한때 조선에서 제일 유명한 인물 중의 한 명이었지만 정작 밀양 사람 들은 운심을 잘 모른다. 아랑만 기억한다. 유학을 숭상하는 이들의 눈에 기 생은 그다지 기억할 가치가 없었을 것이다.

그에 관한 증언은 조선 최고의 베스트셀러 작가 연암 박지원이 쓴 《광문 자전》에 남아있다.

정면에서 본 영남루 전경.

"일전에 우림아(羽林兒)와 각 전(殿)의 별감(別監)들과 부마도위(駙馬都尉) 등이 시종을 거느리고 소매를 나란히 하여 이름난 기녀인 운심(雲心)이를 찾았다."

궁중 사람들이 우르르 몰려왔을 정도의 인기란다. 운심이 이름을 날린 이유가 뭘까. 얼굴? 노래? 아니다. 운심은 칼춤을 잘 췄다. 그녀는 밀양에서 검무로 이름을 떨치다가 선상기(選上妓, 나라의 큰 잔치가 있을 때에 각 지방에서 뽑아 올리던 기녀)에 뽑혀 서울로 올라갔다. 서울에서도 인기가 최고였다. 말하자면, 그는 17세기의 댄싱 퀸이었다.

운심 같은 걸출한 무기(舞妓)를 탄생시킨 배경이 무엇일까. 기생이 활동하려면 먹고살 길이 넉넉해야 한다. 팍팍하면 곤란하다. 밀양은 윤택한 곳이었다. 《택리지》에서는 '밀양부'를 이렇게 소개한다.

"대구 동남쪽에서 동래 사이에 여덟 고을이 있는데, 비록 땅은 기름져도 왜국과 가까우니 살 만한 곳이 못 된다. 밀양은 점필재 김종직의 고향이고 현풍은 한훤당 김굉필의 고향이다. 강을 낀 데다 바다와도 가까워서 생선, 소금 또는 배로 통상하는 이익이 있으니, 번화한 명승지다. 한양의 역관들이 이곳에 머물며 많은 재물로 왜인과 장사해 큰 이익을 얻는다."

조선 후기 경상도 지역에 세 개의 조창이 들어선다. 조창은 세금으로 거둔 곡식을 임시 저장하는 곳으로 지금의 진주와 마산 그리고 밀양(삼랑진)에 자리를 잡았다. 밀양 조창은 대구 등지에서 싣고 온 곡식을 모으는 곳이었다. 예나 지금이나 교통의 요지에는 사람과 돈이 모인다. 밀양도 그러했던 듯하다.

특정 지역의 경제적 규모를 알려주는 지표 중의 하나가 '누각'이다. 춘향과 이 도령이 누각(광한루)에서 만난 것에서 알 수 있듯이, 누각은 지역의 랜드마크였다. 우리나라 3대 누각은 평양과 진주, 밀양에 있었다. 각각 부벽루(浮碧樓), 촉석루(矗石樓), 영남루(嶺南樓)다.

누각은 이름난 기생을 배출했다. 우선 평양은 계월향(桂月香·?~1592)이다. 그녀는 임진왜란 때 적장이 자신의 몸을 더럽히자 김응서와 함께 모의해 적장을 죽이고 자결했다. 진주는 논개(論介·?~1593)다. 논개 역시 왜장을 죽였다. 마지막은 운심이다. 운심은 칼을 들긴 했지만 국난의 시기에 활동하지 않

현인
-
연도미상
대한
현인의 대표곡인 '신라의 달밤'과
'굳세라 금순아' 외 여러 곡들이
오리지널 버전으로 수록되어 있다.

왔던 터라 적장을 베지는 못했다.

평양과 진주, 밀양의 닮은꼴 행보는 일제강점기에도 계속된다. 세 도시는 근대 가요를 탄생시킨 요람이었다. 우선 평양에서는 걸출한 기생 가수를 내놓는다. 왕수복(王壽福·1917~2003)과 선우일선(鮮于一扇·1919~ 1990). 두 사람 모두 평양 기생 출신으로 우리 가요사 최초의 '라이벌'이었다고 전한다. 이들을 주축으로 평양 기생 출신 스타들이 당대의 가요계를 주름잡았다. 잡지 〈삼천리〉는 당시의 상황을 "레코드계 인기는 평양 기생들이 독점"했다고 전한다(1934년 9월호).

밀양과 진주가 가만히 있을 수 있나. 밀양과 진주는 각각 일제강점기 최고의 작곡가와 가수를 발굴한다. 박시춘과 남인수였다. 박시춘은 가요계에서 전설 중의 전설로 통하고 남인수는 최초의 '가요 황제'라는 닉네임을 얻었다. 두 사람은 일제강점기 우리 가요에 가장 인상 깊은 족적을 남겼다.

아버지는 밀양아리랑, 아들은 굳세어라 금순아

그중에서 밀양 출신 박시춘은 기생과 깊은 연관이 있었다. 그의 부친 박남 포는 권번(券番)을 운영했다. 권번은 기생을 양성하는 곳으로 요즘 말로 하면 연예기획사쯤이 될 것이다. 그 덕에 박시춘은 명창 송만갑(宋萬甲)·이동 백(李東伯)·김창룡(金昌龍)·이화중선(李花仲仙) 등의 창(唱)과 노랫가락, 판 소리를 들으면서 유소년기를 보냈다.

하나 더 주목할 점은 그의 아버지 박남포가 '밀양아리랑'의 가락을 정리했 다는 설(說)이 있다는 점이다.

밀양아리랑은 여러모로 특별하다. '아리랑' 하면 축 처지는 가락에 슬픔 을 품은 여주인공을 떠올리지만 밀양아리랑의 주인공은 조금 다르다. 가사 는 여느 아리랑과 다름없이 다소곳하고 애조를 띠고 있지만 가사를 실어 나 르는 장단은 '세마치'다. 빠른 장단이다. 정든 님이 오셨는데 인사도 못할 지 경으로 조신한 여인네의 이야기를 담기엔 어울리지 않는다. 뭔가 언밸런스 하다.

이런 부조화는 판소리에서도 발견된다. 서양에서는 노래를 부를 때 대개 슬픈 내용은 느리게, 기쁜 것은 빠르게 불렀지만 우리나라는 조금 달랐다. 우리 음악의 장단 중에 중중모리가 있다. 중중모리는 빠른 장단에 속하지만 슬픈 장면과 기쁜 장면에서 두루 쓰였다. 이런 현상을 두고 이용수(중요무형 문화재 제5호 판소리 '수궁가' 이수자) 명창은 이렇게 설명했다.

"중중모리는 바로 흥이다. 또 중중모리는 바로 슬픔이다. 중중모리는

'밀양 아리랑' 노래비(왼쪽). 오른쪽은 작곡가 박시춘의 흉상과 '애수의 소야곡' 노래비.

이런 슬픔과 흥을 격하게, 빨리 몰아서 극으로 달하게 해준다. 슬픔은
더 큰 슬픔으로, 흥도 더 큰 흥으로 키워간다. 슬픔이 최고조에 달하
면 그 시점에서, 그 정상에서 모든 슬픔과 고통을 모두 쏟아내 버린다.
이제 슬픔과 고통은 한순간에 날아가고 흥만이 남는다."

   – 《신선들의 잔치에 초대받은 남자》 p.286 / 이용수 / 시타델

조선 최고의 콧대, 밀양 여자 운심

  (이견이 있지만) 아버지가 정리한 '밀양아리랑' 속에 드러난 부조화는 아들
박시춘의 히트곡 '굳세어라 금순아'에도 나타난다.

  노래 가사는 구슬프다. 가사에서 금순이를 찾는 주인공은 소위 '1.4 후퇴'
때 흥남부두에서 배를 타고 부산으로 내려온 남자다. 바람 찬 흥남부두에서

헤어진 금순이를 애타게 찾지만 끝내 만날 길이 없었던 모양이다. 희망찬 부분이라곤 마지막 구절뿐이다. 남북통일이 되면 다시 만나자고 하는. 이 구슬픈 내용을 힘찬 톤과 빠른 가락 속에 담아냈다. 가사를 모르는 외국인이 들으면 행진가쯤으로 오해할 것 같다. 어쩌면 '밀양아리랑'은 시방님과 첫 데이트를 앞둔 아가씨가 부르는 노래쯤으로 들릴지도 모르겠다.

문득, 광문이 운심 앞에서 무릎장단을 맞춰가며 흥얼거렸던 노래가 궁금해진다. '밀양아리랑'이나 '굳세어라 금순아'처럼 힘차고 빠른 곡이 아니었을까. 왠지 칼춤엔 그런 노래가 어울릴 것 같다.

두 노래의 힘찬 가락에는 밀양 여자들의 강인한 성격이 담겨있다. 밀양 여자들은 아무리 서글퍼도 굳세게 일어나는 강단을 지니고 있었다.

우선 《광문자전》 속의 운심을 보자. 그녀는 평생 칼을 쥐고 살았던 여자답게 보통 성격이 아니었다. 한마디로 칼과 어울리는 성격을 지니고 있었다. 궁중 사람들이 우르르 몰려와서 진을 쳤을 때도 냉큼 일어서지 않았다.

'마루 위에 술을 차리고 북과 거문고를 연주하며 운심이의 춤을 감상하려고 했다. 하지만 운심은 굳이 시간을 끌며 춤을 추려 하지 않았다.'

노비도 섬기는 주인에 따라 서열이 있다. 이들은 임금님 댁 노비들이었다. 게다가 임금의 사위까지 포함된, 권력의 핵심부를 맴돌던 사람들이다. 운심은 이들에게도 고분고분하지 않았다. 문득 김혜수의 목소리가 들리

김정구, 현인, 남인수 등
–
1975년 11월
아세아
'그 시절 그 사람 그 노래'
흘러간 스타들이 한자리에 모였다.

노래半世紀
歌謠連絡船 제2집
그시절 그사람 그노래
STEREO
ACL-591

는 듯하다.

"이거 왜이래. 나 이대(梨大) 나온 여자야!"

이때 광문이 중재에 나선다. 그는 술자리에 슬며시 끼어들어 무릎을 치면서 콧노래를 불렀다. 그제야 운심이 일어나 옷을 갈아입고 춤을 추었다.

"(운심이) 광문을 위하여 칼춤을 추니, 사람들은 크게 즐거워했다."

또 다른 기록도 있다. 성대중(成大中·1732~1812)이 《청성잡기》(青城雜記)에 담아놓은 이야기다.

그녀는 현역에서 은퇴한 뒤 전국 유람을 떠났다. 곳곳에 제자도 키우고 풍경도 즐겼다. 한번은 김소월의 '진달래꽃'으로 유명한 영변의 약산동대(藥山東臺)에 올랐다. 이름답게 절벽이 높았다. 운심은 술을 한잔 걸치고 비틀거리며 일어나 말했다.

"약산은 천하의 명승지요 운심은 천하의 명기다. 인생이란 모름지기 한 번 죽는 법, 이런 곳에서 죽는다면 너없이 만족이냐."

그러고는 벼랑에 몸을 던지려 했다. 늙었지만 아름다움에 도취되어 생명도 버릴 수 있는 열정과 광기를 지녔다. 성대중은 운심의 기행을 이렇게 평가했다.

"운심의 풍정과 성깔이 저와 같기에 한 시대의 명성을 독차지할 수 있었던 것이다."

박시춘의 부친은 '밀양아리랑'을 들으며 고향 여자들을 떠올렸을 것이다.

"그래, 밀양 여자가 이 정도 강단은 있어야지. 운심도 그렇지만 밀양 여자들이 어디 보통 여자들인가. 밀양 여자가 주인공인 노래라면 이 장단이 딱이야!"

밀양 여자들은 지금도 남자 못지않게 굳세고 힘차기로 유명하다. '밀양 가시나' 하면 아무리 기세 좋은 수컷도 꼬리를 내린다. 왜 그런가에 대한 나름의 대답도 있을 정도다. 어느 밀양 주민에게 들은 이야기로는 이렇다.

"밀양에서 공부 좀 한다 하는 여학생은 밀양여고로 다 가는데, 밀양여

현인
–
1972년 11월
아세아
'굳세어라 금순아'를 비롯한
히트곡들이 수록돼 있다.

고가 산꼭대기에 있어. 남고는 전부 땅바닥에 바짝 붙어있고. 여자들이 남자들 머리 꼭대기 위에 앉아서 공부를 하는 셈이라. 여자들이 드셀 수밖에 없지."

절반만 정답인 것 같다. 학교가 높은 데 있어서 드세졌다기보다는 반대로 드센 기운 때문에 산으로 올라간 게 아닐까 싶다. 운심과 밀양아리랑 속의 여주인공과 굳세어라 금순이 모두 학교가 지어지기 전의 인물들이기 때문이다.

박시춘은 '굳세어라 금순아'를 작곡하면서 이렇게 중얼거리지 않았을까.

"이렇게 힘이 드는 세월엔 굳세게 살아가는 것 외에는 별다른 수가 없어. 어쩌겠어. 열심히 아등바등 살아가는 수밖에. 그렇게 사는 거라면 우리 고향 여자들이 최고일 거야. 정말이지 힘차고 굳세기는 어떤 지역 여자보다 뛰어나니까. 한국 여자들이 모두 밀양 여자 같다면 이 폐허를 딛고 일어설 수 있을 거야. 힘내라, 금순아!"

'굳세어라 금순아'는 아직 끝나지 않은 노래다. 누군가의 말처럼 단군 이래 가장 부유한 시대를 살고 있지만 금순이가 굳세게 맞섰던 현실 중에는 현재진행형인 것들이 너무 많다.

아버지의 팔을 가져간 일본은 위안부와 징용, 침략에 대해 고압적인 자세를 그대로 유지하고 있고, 아들의 다리를 앗아간 전쟁은 아직도 휴전 상태다. '이젠 긴장 풀고 쉬어, 금순아'는 아직 먼 이야기다. 〈수난이대〉에는 (작가가 의도했든 의도하지 않았든) 지금 이 시대에 보기에 무척이나 의미심장한 구절 하나가 등장한다.

'자세히 보니 시계는 유리가 깨어졌고 먼지가 꺼멓게 앉아 있었다.'

시간이 멈춘 시계. 그것은 마치 멈춰버린 역사를 상징하는 듯하다.

금순이의 고통은 아직 끝나지 않았다. 우리는 여전히 더 굳세어야 한다. 아버지와 아들이 힘을 합쳐 하루하루 새로운 외나무다리를 건너야 한다.

그러므로 '굳세어라 금순아'는 여전히 오늘의 노래다. *

3

그들은 어떻게 '학생'들을
학살했나

반월당
(대구 중구 봉산동)

'유정천리'

그들은 어떻게
'학생'들을 학살했나

가련다 떠나련다 어린 아들 손을 잡고
감자 심고 수수 심는 두메산골 내 고향에
못살아도 나는 좋아 외로워도 나는 좋아
눈물 어린 보따리에 황혼 빛이 젖어드네

세상을 원망하랴 내 아내를 원망하랴
누이동생 혜숙이야 행복하게 살아다오
가도 가도 끝이 없는 인생길은 몇 구비냐
유정천리 꽃이 피네 무정천리 눈이 오네

– '유정천리'
　반야월(半夜月·1917~2012) 작사 / 김부해(金富海·1917~1988) 작곡 /
　박재홍(朴載弘·1927~1989) 노래 / 1959년 발표

박재홍 / 1972년 / 대도 / '유정천리'를 불렀다.

인간과 기계의 차이는? 《피로사회》는 '머뭇거리는 능력'이라고 말한다. 잠시 멈추어서 사위를 둘러볼 줄 아는 삶의 태도를 뜻한다.

언제부턴가 아이들이 기계를 닮아가고 있다. 그들은 결코 머뭇거리지 않는다. 부모들이 그것을 허락하지 않기 때문이다.

초등학교 때는 "중학교 대비해야지." 중학교 때는 "지금 공부 안 하면 고등학교 가서는 늦다." 고등학교 때는 "일단 대학 가서 생각하자." 대학에서는 "취직이 급하잖아." 하는 식이다. 삶에 대한 가치관이나 정신의 문제는 언제나 뒤로 미루어진다. 모든 것에 적기가 있지만, '공부'라는 명분이 그것을 내려놓아도 괜찮은 상황을 만들어준다. 인간이라는 존재로서의 성숙을 놓고 생각하면 '입시 공부'란 인간으로서의 임무를 방기하게 만드는 교육이나 다름없다. 시험이 사람 구실을 못하게 만든 셈이다.

경상도 '학생'들 단체로 시험을 포기한 사연

옛날 '학생'들은 조금 달랐다. 특히 경상도 학생들. 정확한 예는 아니지만 조선에서는 사람 구실 때문에 과감히 시험을 포기한 사건이 있었다. 숙종 43년(1717년) 8월에 열렸던 식년시 향시에서 벌어진 사건이었다. 그해 7월 19일 노론의 영수 이이명이 숙종과 독대해 민감한 얘기를 나누었다. 경상도 선비들이 "이이명의 말은 국가의 근본을 흔드는 것"이라 하여 이이명의 목을 베라고 상소를 올렸다. 그들은 아첨하는 신하를 꾸짖고 나라의 기강을 바로 세우는 것이 큰 의를 실천하는 것이라 믿고 강력하게 항의하는 의미에서 과거를 거부한 것이었다. "일단 시험부터 치고 나서" 하고 말했다간 몰매

박재홍
–
1973년 11월
신세계

를 맞을 분위기였다.

물론 '인생에 단 한 번'이라는 수능에 비해 과거시험은 비교적 여러 번 응시할 기회가 있다. 또한 그들의 주장이 과연 옳았는가, 하는 것도 따져볼 일이다. 그러나 어쨌든 근본적인 문제를 거론하면서 돌이켜 생각하는 태도를 보여주었다는 점은 높이 살 만하다. "일단 시험부터 치고 나서" 인생 공부를 시작하는 요즘과 조선시대 학인들의 태도는 사뭇 다르다.

경상도 '학생'들의 실천력은 참으로 강했다. 이 부분에서는 남명 조식(曺植·1501~1572)을 언급하지 않을 수 없다. 그는 누구보다 실천에 관심이 많았다. 선비가 칼을 차고 다녔으니 더 말해 무엇 할까.

조식의 실천력이 역사에서 꽃핀 것은 임진왜란 때였다. 국난을 맞아 곽재우(郭再祐·1552~1617)와 조식의 제자들은 공부하는 사람답지 않게 칼을 들고 일어섰다. 칼을 차고 다닌 스승처럼.

조식의 실천력은 어느 정도 학문적 전통을 따른 것이었다. 그의 학문적 전통을 세세히 따져보면 소학풍(小學風)의 원대 성리학까지 거슬러 올라간다. 정몽주(鄭夢周·1337~1392)를 시작으로 길재(吉再·1353~1419), 김숙자(金叔滋·1389~1456), 김종직(金宗直·1431~1492), 김굉필(金宏弼·1454~1504), 정여창(鄭汝昌·1450~1504), 조광조(趙光祖·1482~1519)로 이어진 이들의 학풍은 한마디로 실천 중시였다. 조식은 '정주(程朱) 이후 불필 저술'이라고 믿었던 듯하다. 정주는 주자를 말하는데, 읽을 만한 책은 주자가 이미 모두 썼기 때문에 새로운 책을 만든다는 게 무의미하다는 뜻이었다. 공부하는 사람이 책을 안 쓴다면 남은 것은 수행과 실천밖에 없다.

'토끼 사냥' 명령에 대통령을 잡은 학생들

우리 근대사에서 학생이 주축이 된 사건 중 가장 오똑한 것은 아마도 '2.28 학생운동'일 것이다. '2.28'은 '4.19혁명'으로 이어졌다. 4.19는 부패한 정권을 몰아내고 헌법까지 바꾸었다. 마무리는 온 국민이 함께했지만, 이 거대한 사건의 시작이 까까머리 고등학생부터였다는 것이 놀라울 따름이다. 그들은 적어도 '사람 도리'에 대한 깊은 고민이 있었다.

학생들이 들고 일어난 1960년 2월 28일은 일요일이었다. 학교에서는 일요일임에도 정상 등교를 하라고 했다. 사실은 자유당에 맞서는 장면 박사의 선거유세에 나가지 못하게 하려는 책략이었다. '상부'의 지침에 따라 공장에서는 직공들에게 정상 출근을 하게 했고, 공무원과 군인들은 체육대회나 노래

반월당 네거리 풍경. 1960년 2월 28일, 경북고, 경북대 사대부고, 대구고, 대구상고(현 대구상원고), 대구공고, 대구농고(현 대구자연과학고), 경북여고, 대구여고 학생들이 시내 거리를 가득 메웠다. 반월당에서 경북고 학생 대표가 선언문을 읽었다.

자랑에 끌려갔다. 학교들은 지시받은 대로 행사를 급조했다. 시험이나 무용 발표회, 졸업식 연습, 졸업생 송별회 등을 하기도 했다. 대구고등학교는 엉뚱하게도 '토끼 사냥'을 계획했다.

대구고등학교와 경북고등학교 학생들이 주축이 되어서 교문 밖으로 밀고 나왔다. 반월당에서 시작해 경북도청(현 경상감영공원)을 거쳐 시내 전역으로 번진 시위는 시간이 흐를수록 참가자가 늘었다. 학생은 물론이고 시민들도 어린 학생들의 용기에 적극 호응했다.

시위 중 노래도 흘러나왔다. 노래만큼 사람의 마음을 하나로 묶을 수 있는 수단은 없을 것이었다. 당시 불렸던 노래의 제목은 '유정천리'였다. 다만, 원곡에서 가사를 조금 바꾸었다.

사대부고. 1960년 2월 16일 당시 유행하던 '유정천리' 가사를 개사한 '노가바(노래가사 바꿔 부르기) 사건'으로 세 명의 학생이 무기근신을 받은 상태였다.

> 가련다 떠나련다 해공 선생 뒤를 따라,
> 장면 박사 홀로 두고, 조 박사는 떠나갔네.
> 가도 가도 끝이 없는, 당선일은 몇 구비뇨?
> 자유당에 꽃이 피네, 민주당에 비가 오네.

이 노래는 시위에서 즉흥적으로 불렸거나 시위를 준비하면서 급조한 것이 아니었다. 정확한 시기는 알 수 없지만, 이 노래가 시위의 불을 지폈다고 해도 과언이 아니다.

이를 다룬 기사가 있었다. 1960년 2월 22일자 〈동아일보〉 '휴지통' 란에 실렸다. 개사한 '유정천리' 1절을 옮겨 실은 뒤 이렇게 설명을 붙였다.

박재홍
–
1969년 1월
신세계
박재홍 히트앨범 2집

"경북도 전역에 걸쳐 중·고등학생들이 유행가 '유정천리' 곡조에 맞추어 부르고 있는 조(趙) 박사 애도의 유행가의 일절. 이 사태에 놀란 교사들은 행여 상부로부터 책임 추궁을 당할까 봐서 학생들의 호주머니를 뒤져가며 가사를 적은 쪽지를 찾아내기에 혈안이 되고 있다. 하지만 울고 웃는 사람의 칠정을 뉘라서 막을쏘냐. 노래 속의 구절처럼 '백성들이 울고 있는' 것뿐인데."

마치 예언처럼 읽힌다. 말 그대로 '뉘라서 막을쏘냐'였다. 만리나 뻗은 장벽보다 더 단단해 보이던 정권이 학생들의 뜨거운 함성에 자극을 받은 '백성'들의 분기에 무너지고 말았다.

내 인생은 '시험'의 것

단순 비교는 어렵지만, 그 시절과 비교해 사회를 향한 관심이 줄어든 건

2.28을 주도한 학교 중의 하나인 대구고등학교 교정에 세워진 '대고탑'을 살펴보는 김영아. 1991년 동창들이 세웠다. '그의 이름 길이 온누리에 빛나리'라는 글자가 새겨져 있다.

사실로 보인다. 놀 시간도, 공부 이외의 다른 것에 신경을 쏟을 시간도 없다. 아니 그렇다고 가르친다. 공부 외에는 다 쓸데없는 거라고, 득될 것 하나 없다고. 학생들은 공부하는 기계로 전락한다.

촛불시위 때마다 거리로 나서야 한다는 뜻은 아니다. 다만, 10대에 마땅히 거쳐야 할 '공부'를 하지 않는다. 최소한의 사회성, 사람으로서의 도리 같은 것은 입시 이후로 미루기 일쑤다. 가치관 정립의 시기에 스스로 애를 써서 얻은 생각은 한 줌도 갖지 못한 채 20대로, 세상으로 내던져지는 것이다. 열 달을 채우지 못하고 세상에 나오는 미숙아처럼.

독서량과 내용을 살펴보면 기우가 아니라는 것을 알 수 있다. 소위 논술에 출제될 만한 몇몇 '고전' 외에는 도무지 책을 손에 잡지 않는다. 읽고 외우고 배우는 책이 비슷한 이상 사고는 천편일률이 될 수밖에 없다. 더 심각한 사

대구고등학교 교정에 있는 또 다른 2.28 기념탑. 이로써 대구고 교내에는 모두 2개의 2.28기념탑이 있는 셈이다. 역시 2.28을 주도한 학교답다.

실은 책 읽기에 대한 편견을 가지고 성장한다는 점이다. 학교가 '시험' 외에 아이들의 '인생'에 관심이 있기라도 한가 의심스럽다. 인성이나 인생을 말하면 그들은 이렇게 대꾸할 것이다.

"인성은 가정에서……."

아무도 책임지지 않는 교육, 왜?

"난 강사지 선생이 아냐."

아주 오래전, 어느 학원 강사에게서 들은 말이다. 자신은 그저 시험 기술이나 가르치는 '강사'니까 '스승'으로서의 덕행을 요구하지 말라는 뜻이었다. 그런 마인드를 가져서일까, 몇 해 뒤 그는 '말'을 잘못하는 바람에 학원가에서 퇴출되다시피 했다. 아이들에게 '19금'에 해당하는 음담을 했다가 학부형의 강력한 항의를 받았던 것이다.

옛사람들은 가르치는 사람을 두 부류로 나누었다. 가르치기만 잘하는 사람 즉, 경사(經師) 그리고 지식과 덕행을 두루 갖춘 인사(人師)였다.

인사에게 가장 중요한 것은 책임감이었다. 《예기》는 제자에 대해 무한한 책임을 지는 사람이 참 스승이라고 했다. 한번 시작된 수업은 죽을 때가 돼서야 끝이 난다는 뜻도 된다. '내가 너희들에게 가르친 대로 나도 최선을 다해 살 것이니 너희들도 나를 본받아 훌륭한 삶을 살라.'는 스승으로서의 책임감이 마음 중심에 있다면, 누가 삶을 데면데면 살까.

또한 군사부일체(君師父一體)라고 했다. 군과 사, 부의 공통점 역시 책임감이다. 부모는 자식이 볼까 봐 언행을 조심하고, 스승은 제자가 실망할까 싶어 최선을 다해 살아간다. 참다운 임금 역시 백성을 하늘로 알고 자신의 책무를 다하려고 노력한다. 그 책임감이 세 존재를 동등한 반열에 올린 게 아닐까.

대한민국은 제도적으로 인사(人師)를 막는다. 학부모, 학교 할 것 없이 교사에게 '대학만 잘 보내주면 끝'이라고 강요한다. 교육대학에서 무엇을 배웠든 학교 현장에 나오면 오로지 대학 잘 보내는 것이 훌륭한 스승이 되는 길이다. 그 이상은 요구하지도 바라지도 않는다.

요컨대, 책 안 읽는 대한민국은 결승선이 대학입시 혹은 취직인 단거리 교육에만 집중한 결과다. 아무도 마라톤을 가르치지 않는다. 가장 불행한 이들은 결승선을 통과하지 못한 이들이다. 스스로를 '낙오자'로 여기고 축 처진 어깨로 꾸역꾸역 살아간다.

교사는 입시 과목을 가르치더라도 관심은 늘 삶 전체에 뻗어있어야 한다.

대구시립도서관 열람실. 고등학생들이 많이 찾는 대구의 대표 도서관이다. 2.28을 주도한 학생들도 대단한 독서파들이 아니었을까. 세상의 이면을 보는 지식을 얻으려면 독서가 필수니까.

교사가 좁은 시각으로 다가간다면 아이들 역시 한정된 시각으로 세상을 바라볼 것이다. 아이들은 아이들대로 옛날 '학생'들처럼 교과서 밖 공부에도 힘을 쏟아야 한다. 그것이 바로 책 읽기다.

2.28은 교과서 밖 공부의 결과였다. 세상과 삶에 대한 고민이 그들을 거리로 뛰쳐나오게 했다. 그들이 교과서와 시험 안에만 갇혀있었다면 정권을 바꾸고 헌법을 개정하는 대사건은 일어나지 않았을 것이다.

교과서로 '분서갱유'를!

교과서만 파고드는 공부는 사이비다. '과거'의 나라 조선에서도 많은 선비들이 과거만 파고드는 후학들에게 '진짜 공부를 하라'고 가르쳤다. 극단적으로 오로지 과거만을 위한 공부는 사이비(似而非)다. 비슷한 것이 더 위험하다. 너무 비슷해서 진짜와 혼동되는 것, 그래서 가짜보다 더 위험한 것이 바로 사이비다. 이런 공부는 하면 할수록 더 어리석어지거나 지식을 남용해 오히려 세상에 해를 끼친다.

명나라 태조 주원장(朱元璋·1328~1398)은 명나라 대에 '사이비' 공부를 정착시켰다. 그는 이 학습법을 정착시키려고 이른바 '팔고문' 과거를 시행했다.

'팔고문' 과거는 몇 가지 특징이 있었다. 우선 교과서 밖에서는 문제가 출제되지 않았다.

당나라 때는 과거 응시자가 공부하는 책이 제한되어 있지 않았다. '팔고문 과거'의 교과서는 《논어》, 《맹자》, 《대학》, 《중용》, 《역》, 《서》, 《시》, 《예》, 《춘추》 등이었다.

당시 수험생들은 사서오경만 공부했다. 또한 이에 대한 해석은 오직 주희(朱熹)의 것만 인정했다. 글을 쓸 때는 '성인'의 말투로 그들의 생각을 그대로 옮겨 적어야 했고, 문장의 격식을 규정해 팔고로 나누어 짓도록 했다.

주원장이 정한 것들 외의 책은 모두 잡서고, 잡문이었다.

여기가 끝이 아니었다. 지정한 책도 마음에 들지 않아 '교과서 수정'에 들어갔다. 사서오경에 속하긴 했지만 다소 불경스런 내용을 담고 있는 책이 있었던 것이다. 그것은 《맹자》였다.

"백성이 가장 귀중하고, 사직은 그 다음이며, 임금은 가벼운 존재이다."
— 《맹자》 〈진심〉 하(下)

2.28기념중앙공원. 대구시 중구 공평동에 있다.

황제는 격노했다. 고생고생 끝에 얻은 황제의 자리인데, 가볍다니!

그는 "이 늙은이가 지금 살아있다면 용서할 수 있겠는가?" 하고 말했다.

주원장은 맹자를 공자의 사당에서 축출했고, 《맹자》 중 85개 조목을 삭제하게 했다.

그는 이렇게 학자들의 머릿속을 장악했다. 읽는 책을 한정하고 자유로운 생각을 허용하지 않으면 학자들의 발상이나 생각은 뻔하기 때문이었다. 요컨대, 주원장의 '공부'는 퇴보를 위한 학습이었다.

혁명, 이제는 교실에서 일어나야

햇수를 헤아려보니 벌써 52년 전이다. 당시의 주역들 중에는 작고하신 분들도 많다. 아직 정확한 연구는 없겠지만 시위를 주도했던 이들 혹은 2.28을 감명 깊게 받아들였던 이들 모두 자기 분야에서 나름의 획을 긋는 역할을 하지 않았을까.

세상이 바뀌었다. 학교도 바뀌었다. 52년 전의 교실로 돌아가 볼 수는 없겠지만 지금처럼 입시나 성적 외의 관심도 가지고 있었을 것이다. 지금과는 비교도 안 될 만큼 활기차고……

2.28이 다시 일어나야 할 것 같다. 이제는 학교에서 세상을 향해 외치는 것이 아니라 오히려 반대다. 변하는 세상이 학교에 외치고 있다. 고만고만한 교과서 공부로는 우물 안 개구리를 벗어날 수 없다고, 선행학습을 아무리 열심히 한들 격변하는 세상에서 살아가는 법을 '미리' 배울 수는 없다고.

1960년 2월 28일의 외침은 아직 끝나지 않았다. 반월당에서 도청으로 향했던 그 행진은 이제 다시 학교로 돌아와야 한다. '교과서'에 담긴 과거의 지식만으로는 만족할 수 없는 '젊은' 학생들이 필요하다. 너무 일찍 세상을 알아버려서 경쟁과 성과 외에는 아무런 관심도 없는 성공 마니아들은 이제 필요 없다.

조 박사 애도가는 이제 '학생 애도가'로 바뀌어야 할 것 같다. 너무 일찍 철이 들어버려서 자기 몸 외에는 관심도 없고, 이기고 쟁취하는 것에만 몰두하는 '늙은 학생'들을 위한 애도가. *

대구는
아직도 불온하다

대구는 보수적이다. 전통과 의리를 중요시한다.

최근 '불온한' 조짐이 감지되고 있다. 수성구의 경우 2014년 6.4 지방선거에서 야당 후보(김부겸)가 그 어느 때보다 많은 표를 얻었다. 다음 (혹은 그 다음) 총선에는 그가 당선될 것 같다는 '예언'을 하는 이들도 있다.

아직은 어림도 없어 보인다. 하지만 소위 보수들이 안심을 하고 있기에는 불온한 측면이 많다. 기존의 판세를 흔들 만한 요소가 적지 않기 때문이다. '우리가 남이가'라는 슬로건에 맞서 실속을 차리자는 분위기가 선거철의 SNS를 달군다.

소통의 결과가 아닐까? 의견이 같은 사람끼리 해도 해도 빤한 이야기를 나누는 것이 아니라 다양한 의견들이 쏟아지는 토론 혹은 잡담의 장을 자주 열다 보면 가장 합리적인 의견이 도출된다. 민주주의의 다른 말은 '잡담주의'가 아닐까? 2.28도 고작 가사를 바꾼 유행가에서 탄력을 받지 않았던가.

대구는 '잡담'이 가장 융숭한 도시다. 이를 방증하듯 커피숍 숫자가 늘

대구시민의 대표적인 쉼터인 수성못 커피 거리. 대한민국 커피 브랜드는 대부분 다 있는 듯하다.

고 있다. 대구는 현재 인구 대비 커피숍 숫자가 서울보다 많다고 알려져 있다. 2012년 기준으로 20퍼센트 정도 많다. 커피숍의 증가는 시민들의 생활 패턴도 변화시키고 있다. 우선 커피숍에서 하루를 시작하는 주부들이 늘고 있고, 고등학생들이 몰려와 책을 펴놓고 공부하는 풍경도 심심찮게 볼 수 있다.

커피숍은 '불온'한 공간이다. 영국의 경우 소통과 정치 혁명의 모태 구실을 해서 한때(1650년대) 커피숍 폐쇄령이 내려진 적이 있다. 미국 혁명가들 역시 커피숍에서 영국에 대한 반역을 모의했다(1773년, 그린래건).

혹자는 커피숍이 포화상태라고 하지만 아직 속단하기는 이르다. 커피숍이 '각성 음료'와 '수다'의 공간에서 문화공간으로 탈바꿈하려는 움직임이 가속화하기 때문이다. 독서모임이나 작은 연주회를 적극적으로 유치해 조선시대 사

다른 각도에서 본 수성못 커피 거리.

랑방의 모습을 갖추려는 점주들이 늘고 있다. 커피숍이 커피와 수다에서 문
화까지 품는다면 커피 시장의 규모는 지금보다 훨씬 커질 것이다.

　조선 후기 다양한 시민운동이 일어난 장터처럼 혹은 청춘들이 모여서 시
국을 토론하던 학교처럼 커피숍은 분명 새로운 분위기를 만드는 데 일조
할 것이다. 가장 합리적인 결론을 빚어내는 아고라가 될 것으로 기대한다. *

4

'월급 올려주세요' 하지 마!

청도군 신도, 선산
(경북 구미시 선산동)

'새마을 노래'
vs '월급 올려주세요'

'월급 올려주세요'
하지 마!

새벽종이 울렸네 새아침이 밝았네
너도 나도 일어나 새마을을 가꾸세
살기 좋은 내 마을 우리 힘으로 만드세

서로서로 도와서 땀 흘려서 일하고
소득증대 힘써서 부자마을 만드세
살기 좋은 내 마을 우리 힘으로 만드세

– 하략 –

– '새마을 노래'
　박정희(朴正熙·1917~1979) 작사·작곡

새마을행진곡집 / 1976년 / 지구.

사장님 사장님 우리 사장님

이것 참 미안하지만

월급을 올려주세요 박 사장

황소 같은 자식 놈이 여덟 명인데

부모님 합쳐서 열두 식구입니다

물가는 비싸지고 자식들은 커져서

정말로 살아가기 힘드니 어찌합니까

사장님 사장님 미안하지만

월급을 올려주세요 박 사장 박 사장

사장님 사장님 우리 사장님

이것 참 미안하지만

월급을 올려주세요 박 사장

이 회사에 들어온 지 10여 년인데

한 달에 월급이 4,000원이 뭡니까

하루에 세 끼 먹기 어려워 어찌합니까

사장님 사장님 미안하지만

월급을 올려주세요 박 사장 박 사장

– '월급 올려주세요'
안희진 작사 / 백영호(白映湖·1920~2003) 작곡 / 도민호 노래 / 1962년 발표

여헌(旅軒) 장현광의 살림집인 모원당이다. 원래 살던 집은 임진왜란 때 소실(燒失)되었고, 1606년 제자와 친지들이 다시 지었다. 구미시 인의동 남산고택 내에 있다.

영조 임금 "경상도 방언을 배우라!"

경상도 사투리를 사자성어로 표현하면 뭘까? 연비어약(鳶飛魚躍)이 제일 근사하다. 영조(英祖·1694~1776) 임금이 그렇게 표현했다.

1762년 10월 27일, 임금은 경상도 선비 이헌묵(李憲默·1714~?)을 동궁(훗날 정조 임금)의 개인 교사로 임명했다. 그 이유를 이렇게 설명했다.

"동궁은 단지 서울 사람만을 보고 시골 사람을 보지 못하였다. 그러므로 특별히 너를 강관에 제수하는 것이니, 너도 또한 장현광처럼 방언을 쓰는 것이 좋겠다."

장현광(張顯光·1554~1637)은 17세기 영남학파를 대표하는 유학자였고, 남인계 학자를 여럿 길러낸 큰 스승이었다.

임금은 명을 내리면서 장현광의 방언을 이렇게 묘사했다.

"장현광의 연비어약(鳶飛魚躍)하는 방언(方言)은 매우 귀중하다."

여기에 등장하는 '연비어약' 속에는 많은 의미가 담겨있었을 것이다. 우선 이 네 글자를 해석하면 '솔개는 날아서 하늘에 이르고 고기는 뛰어서 연못에 논다.'이다. 만물이 저마다의 법칙에 따라 살면서 조화를 이룬다는 뜻인데, 이는 위대한 임금이 잘 다스려서 세상이 정도에 맞게 돌아간다는 것을 은유한다.

영조의 이 한 마디 말에 다양한 의미가 비친다.

가장 쉽게 파악할 수 있는 사실은 서울 사람들에게 경상도 말이 어떻게 들리느냐 하는 것이다. 그들에게는 경상도 말이 중국어처럼 성조가 있는 듯이 들렸던 듯하다. 요즘에도 경상도 말은 확실히 음역을 보다 풍부하게 사용한다. 서울말로는 '2의 2승'과 'E의 2승'이 구분되지 않지만 경상도에서는 '성조'를 써서 구별한다. 이보다 더 뚜렷한 예는 '오빠'다. 서울 여자들이 "오빠~" 할 때와 경상도 여자들이 "오빠야~!" 할 때, (특히 외국인들에겐) 서로 다른 단어처럼 들린다.

또 하나는 정국 운영에 대한 영조의 생각이었다. 영조의 대표적인 정책은 탕평(蕩平)이었다. 이를 위해서는 다양한 지역과 계파의 인재를 골고루 등용해야 했다. 영남에 장현광 같은 인재가 있어 중앙에 등용할 수 있다면 '연비어약'하는 태평성대를 완성할 수 있을 것이라는 소망과 의지를 내비친 듯하다.

영조의 시대는 역사상 가장 풍요로웠다. 우선 조세혁명이라고 할 수 있는 '대동법' 전면 시행(1708년)의 영향이 컸다. 대동법은 율곡 이이가 주장한 수미법이 그 모태로, 이후 유성룡, 이원익(1547~1634), 조익(1579~1655), 김육

박정희 전 대통령의 생가. 평일에도 관람객이 북적인다.

(1580~1658) 등을 거쳐서 대동법으로 정착됐다. 대동법의 성과가 영조와 정조 때까지 지속되면서 두 임금 대에 조선은 나름의 융흥기를 누렸다.

이런 시기에 권좌에 있었던 영조는 은연중에 "너희들(신하들)만 잘하면 내 치세는 태평성대"라는 말을 하고 싶었던 건지도 모른다.

그러나 정조의 포만감과 달리 역사학자들은 아쉬운 마음을 자주 드러낸다. 조선은 나름의 개혁을 성공시킨 포만감 때문에 변화의 속도와 폭을 줄인다. 당시 수많은 의견들을 모아서 새 판을 짜는 개혁을 해야 했지만 한 모퉁이를 들썩이는 데 그쳤다. 오히려 과거를 그대로 답습하는 데 힘을 쓰는 모습을 더 많이 보였다. 개혁의 기치를 내걸기는 했지만 대개 미흡했다. 일부에서는 정조 때 판을 뒤집는 개혁을 못하는 바람에 삼정이 문란해졌다는 지적도 있다.

소득증대 힘써서 부자마을 만드세!

장현광의 고향 인근 동네에서는 영조만큼이나 경제에 관심이 많은 인물이 탄생했다. 그는 혹자의 말마따나 '(영조의 융흥기는 물론이고) 단군 이래 가장 풍성한 시기를 어는 데 초석을 놓은 인물'로 통하는 박정희 전 대통령이다. 그는 '선산군 구미면 상모리'에서 태어났다. 1978년 '선산군 구미읍'과 '칠곡군 인동면' 지역을 합쳐서 구미시가 탄생했다. 그래서 현재 주소는 구미시 상모동이다.

박 대통령은 경제 대통령으로 통한다. 영조가 경제적 융흥을 바탕으로 정치적 안정을 꾀했다면, 박 대통령은 경제에 거의 '올인'을 했다. 경제에 대한 그의 집념을 가장 잘 드러낸 예 중의 하나가 '새마을 노래'가 아닐까. 나이 든 분들은 모두 새마을 노래가 새벽마다 울려 퍼졌던 것을 기억한다. '새마을 노래'는 그 시대를 가장 잘 드러낸 노래였다.

'서로서로 도와서 땀 흘려서 일하고
소득증대 힘써서 부자마을 만드세!'

조선 선비는 모두 경제학자라는 말이 있다. 율곡이 수미법을 주장했을 정도니 말할 것도 없다. 박정희는 무인이자 경제학자라고 하는 것이 옳겠다.

그는 대통령 자리에 오르자마자 곧장 백성들의 살림살이 수준을 끌어올리는 일에 매진했다. 노력한 결과 1963년, 서독에서 차관을 얻었다. 광부와 간호사를 보내고 얻은 성과였다.

박정희 전 대통령의 생가 안내비. 구미시 상모동에 있다.

그는 단순히 돈만 얻어온 것이 아니었다. 수상으로 있던 에르하르트에게 경제개발 노하우를 배웠다. 에르하르트(Ludwig Erhard·1897~1977)는 동방에서 온 키 작은 대통령에게 가장 먼저 (아우토반 같은) 고속도로를 닦고 이어서 자동차, 정유공장, 제철공장을 세우라고 조언한다. 기반이 되는 산업을 구축해서 고용을 창출하라는 충고였다.

찬찬이 뜯어보면 에르하르트 수상의 조언은 가장 기본적인 것들이다. 뿌리 산업을 조성하고 든든한 맏형을 키울 것, 그리고 아우들을 건강하게 해서 튼튼하고 화목한 가정을 만들라는 것이다. 모두 기본이다.

독일 스타일은 곧 경상도 스타일

에르하르트에게 박 대통령은 훌륭한 학생이었을 것이다. 조언을 그대로 흡수해서 실천했으니 말이다. 그런데, 여기서 궁금증이 인다. 그는 어쩌면 그렇게 훌륭한 '귀'와 실천력을 가질 수 있었을까.

비약일 수도 있지만 그의 고향인 선산(구미)과 연관이 있을 듯하다. 옛 선산 땅은 조선의 경제개혁을 이끈 지역이었다. 이 지역은 흔히 고려 후기 야은 길재(吉再·1353~1419)를 시작으로 임진왜란 즈음의 장현광까지, 수많은 인재를 배출했다고 알려져 있는데, 경제적인 부분에서도 대단한 성과를 냈다. 선산은 14세기 후반에서 16세기 초반에 이르는 150년 동안 경제적 중흥기를 보냈다.

경제적으로 일어선 과정이 흥미롭다. 박 대통령이 펼친 경제개발 정책과 오버랩되는 부분이 많다.

독일(서독)과 박 대통령이 고속도로를 경제발전의 출발점으로 삼은 것처럼 선산도 길이 뚫리면서 융흥기를 맞았다. 조선판 '선산고속도로'는 바로 '영남대로'였다. 이 길은 고려 후기에 생겨났는데, 개성에서 울산까지 연결되던 '죽령 노선'은 경상도의 동쪽 군현을 이었지만, 새로 만든 조선의 제1관도는 선산과 인동을 거쳤다.

육로만 있는 게 아니었다. 낙동강 물길도 구미를 관통했다. 선산과 인동은 낙동강 수로와도 연결이 되었다. 선산은 '여차나진', 인동은 '칠진'이 설치되어 있었다. 인동 같은 경우 교통상의 이점으로 읍세가 더 컸던 약목을 속현으로 편입시켰다.

조선 전기의 문신 권채(權採·1399~1438)는 이렇게 증언한다.

박정희 전 대통령의 생가 앞 동상. 경제개발을 하는 모습을 상징하고 있다.

"경상도는 영남의 큰길인데, 그 경계 위에 있는 선산(善山)은 실로 한 도의 큰 길거리다. 사신의 행차가 끊임없이 이어지고, 더러는 같은 날 한꺼번에 몰려오기도 하여 늘 손님이 묵을 숙소가 모자랐다."

– 《광선헌기》(廣善軒記)

길이 열리면 사람과 물자가 모이기 마련이다. 길과 사람 그리고 돈의 관계는 부동산에 가서 물어보면 당장 알 수 있다. 조선도 요즘과 사정이 다르지 않았다.

그러나 이것이 다가 아니다. 선산은 조선 초기부터 지역경제가 활발하게 일어났다. 선진농법 덕분이었다.

조선은 건국 초기부터 권농정책을 펼쳤다. 태종 대부터 전국적으로 수

리시설을 확보하고, 황무지 개간과 수전농업을 보급시켰다. 《세종실록지리지》에 의하면 조선 초 전국의 저수지 가운데 46퍼센트가 경상도에 있었고, 선산의 경우 15세기 중반에 다른 경상도 군현의 평균 저수지 숫자와 비교할 때 239퍼센트나 더 많은 저수지를 확보하고 있었다. 저수지의 혜택을 입는 토지의 면적도 343퍼센트나 많았다. 생산성이 높은 것은 말할 것도 없다.

요컨대, 선산은 교통과 높은 지역 생산성을 모두 갖추었다. 요즘 말로 하면 창조경제와 철도·공항의 확보로 국가의 중심도시가 된 셈이다.

《택리지》는 사람이 살기 좋은 땅을 설명하면서 이렇게 말했다.

"(사람이 살 만한 곳으로는) 땅이 기름진 곳이 으뜸이고, 배와 수레와 사람과 물자가 모여들어, 있는 것과 없는 것을 서로 바꿀 수 있는 곳이 그 다음이다."
  - 《택리지》〈복거총론〉

선산은 두 가지 장점을 다 갖추고 있었다. 일단 어느 지역보다 교육 여건이 좋을 수밖에 없었다. 요즘도 그렇지만 과거에도 공부와 경제력은 밀접한 관련이 있었다. 선산이 인재를 많이 배출한 요인도 이러한 경제적 여건에서 찾아야 하지 않을까.

선산에 인재가 끊어지기 시작한 것은 조선 중기 이후였다. 선산의 선진농법이 전국으로 확대되면서 경제적 우위를 많이 상실했던 까닭이었다. 이중환은 "임진년 명나라 군사가 이곳을 지나갈 때 명나라 술사가 외국에 인재

선산객사(善山客舍). 경상북도 구미시 선산읍 완전리에 있는 조선시대의 객사다. 1986년 12월 11일 경상북도 유형문화재 제221호로 지정되었다.

가 많은 것을 꺼리어, 군사를 시켜 선산 고을 뒤편 산맥을 끊고 숯불을 피워 뜸질했다. 또 큰 쇠못을 박아 땅의 정기를 눌렀는데, 그 뒤로는 인재가 나지 않았다."고 설명하지만 사실은 경제 문제와 더 큰 연관이 있다.

그리하여 선산은 조선 중기 이후 끝? 아니다. 어느 지역에 특정한 사건이나 상황이 오래 지속되고 나면 유전자에 깊은 흔적을 남긴다. 당시의 상황을 전하는 문화재를 비롯해 식습관과 속담, 말투, 전통적 행사를 통해 고스란히 전해진다.

박 대통령의 경제 의지와 관심, 독일 수상의 충고를 스펀지처럼 흡수한 배경에는 고향 선산에서 은연중에 익힌 경제 감각이 있었을 수도 있다. 아니, 그럴 가능성이 농후하다. 본인은 몰랐을지라도, 선산의 역사와 박 전 대통령이 아무 관련이 없다고 하기에는 선산과 서독, 대한민국은 너무도 비슷한 길을 걸었다.

여기서 사족을 하나 달고 가겠다. 우리 옛 속담에 '곳간에서 인심 난다.'는 말이 있다. 선산의 경우를 보면 '곳간에서 인재 난다.'는 말도 옳을 듯하다. 인재를 만드는 일은, 학생들의 의지와 부모의 교육열도 중요하지만 경제적 지원도 그에 못지않게 중요한 요소라는 뜻이다. 이런 의미에서 대한민국의 곳간은 교육을 향해 열려있는지 의심스럽다.

물론 '가정'의 주머니는 최대한 교육에 열려있지만 국가적 지원은 그다지 적극적이지 않은 것 같다.

선산향교. 구미시 선산읍에 있다. 경북문화재자료 제123호.

범다리

선산의 추억

조선 중기 이후 선산은 쇠락했다. 그 많던 인재도 자취를 감추었다. 여헌 장현광을 마지막으로 이름난 학자를 배출하지 못했다. 선산과 경상도의 영광은 서서히 잊혀갔다. '인재의 고장'이라는 옛 명성이 가끔 추억을 불러일으킬 뿐.

1978년 결정타를 맞았다. 그해 선산에 있던 '구미읍'이 구미시로 독립했다. 1970년 구미읍에 국가산업단지가 들어서면서 인구가 늘어난 탓이었다. 1995년에는 급기야 선산이 구미에 흡수됐다. 사람과 물자가 넘쳐났다는 옛

선산향교.

말이 무색하게도 지금의 선산 인구는 선산과 구미 사이에 낀 고아읍의 반밖에 되지 않는다.

구미와 선산이 통폐합된 뒤에 선산 사람들은 기분이 많이 상했다. 시장 상인들은 "한마디로 모든 것이 다 쇠락했다."고 이야기했다. 그런데, 그들 말마따나 이상하게 좋아진 게 딱 하나 있다. 바로 선산장이다. 장날이 되면 장꾼과 손님으로 북새통을 이룬다. 선산시장상인연합회 박성배(1960년생) 회장은 "장날만 되면 사람이 미어터진다. 얼추 2만 명은 모이는 것 같다."고 말했다. 경북 5대 시골 장터라는 말이 실감이 난다.

"구미, 상주 심지어는 김천에서까지 장꾼들이 몰려와 노점을 펼쳐요. 이 한갓진 곳에 사람들이 이처럼 몰리는 걸 보면 이상하게 느껴질 때도 있어요."

이상할 것도 없다. 선산은 한때 육로와 수로에 걸친 교통 요지였다. 어느

선산시장 5일장 모습. 경북 5대 장터의 하나로 꼽힌다.

상인은 "동서로 움직이기는 불편한데 남북으로는 선산만큼 교통이 좋은 지역도 없을 것"이라고 나름의 분석을 내놓았다. 교통 요지로서의 전통이 아직 살아있다는 것이다. 그렇게 보면, 선산장에 북적이는 장꾼과 손님들은 선산에 남은 마지막 추억의 흔적인지도 모르겠다.

문화 시장으로 거듭나려는 몸부림, 이유 있습니다!

　몰려드는 장꾼이 마냥 반갑지만은 않다.

　"그들 덕분에 사람이 몰리는 것도 사실이지만 선산에서 빠져나가는 돈도 엄청나죠. 한 번 장이 설 때마다 1~2억 원은 족히 빠져나갈 걸요?"

　손님들이 노점에만 흩어지고 이상하게 상설 가게 쪽으로는 들어오지 않는다고 했다. 손님들 입장에서는 노점이 훨씬 더 시골장스럽게 다가오기 때

선산읍성 남문. 2002년에 복원공사를 시작해서 2011년 8월에 개방했다.

문일 것이다.

"요즘은 젊은 친구들도 많이 눈에 띄어요. 그냥 장터 구경을 오는 거죠. 그 친구들을 상설 가게 쪽으로 데리고만 올 수 있다면 기존 상인과 장꾼 모두 만족할 수 있을 텐데……."

그저 상황 탓만 하면서 손을 놓고 있는 건 아니다. 대안은 있다. 시장 안쪽에 상설공연장을 세우는 것이다. 몇 해 전 설계도까지 그려놨지만 지원을 얻는 데 실패했다. 1년에 한 번 문화축제를 여는 데 만족하고 있다.

상설공연장은 시장 내 240개 가게에서 장사를 하는 상인들의 숙원사업 중의 하나다. 공연장만 들어서면 지역에 있는 재주꾼들과 향토 가수, 인디밴드 등의 공연으로 손님들의 발길을 시장 안쪽으로 끌어들일 수 있을 것이다.

"시장은 살거리뿐 아니라 볼거리와 놀거리도 필요합니다. 우리나라 사람만

선산향교에서 본 선산 전경.

큼 흥이 많은 이들이 어딨습니까? 상설 시장에 흥이 넘치는 멍석을 깔면 자연스럽게 선산 경제도 살아날 거라고 확신합니다."

편리한 교통 덕에 사람과 물자가 몰리고, 조선의 여러 고을 가운데 농업생산력이 가장 높았던 인재의 고장 선산. 선산시장은 그 추억을 간직하고 있는 '역사의 현장'일는지도 모른다. 이왕 모이는 김에 상설시장 상인들의 바람대로 시장 구석구석을 다니면서 물건을 사준다면 선산 사람들 살림살이도 조금 나아지지 않을까? 혹시 아는가. 시장 덕에 선산이 옛 영화를 조금씩 회복해갈지. *

'내 나라'와 '우리나라'의 차이점은?

'새마을 노래'가 온 국민이 애창하도록 장려되었던 반면 1962년에 발표된 '월급 올려주세요'는 금지되었다. 우리나라 최초의 금지곡이었다. 혹자는 제목 때문에 '임금 투쟁' 같은 데 활용되는 바람에 금지곡이 되었을 거라고 짐작할 것이다. 그럴듯한 해석이지만 더욱 중요한 이유가 있었다.

크게 두 가지다. 하나는 월급을 안 올려주는 '악덕 사장'의 성이 하필 박(朴)씨라는 것. 또 하나는 하필 '황소'라는 짐승을 가사에 올렸다는 것. 황소는 공화당의 상징이었다. 박 사장과 황소는 곧 박정희 대통령과 공화당으로 해석됐다.

군인들의 탁월한 '시적' 해석 덕분에 이 노래는 박 대통령에게 우는 소리를 하는 노래가 되어버렸다. 자신들의 리더가 비난의 대상이 되는데 부하들이 가만히 있을 리 없다. 그들은 생각했을 것이다. '서민경제의 몰락 원인을 박 대통령과 공화당에 돌리다니!'

이로써 '월급 올려주세요'는 '최초의 금지곡'이라는 훈장을 달았다.

박정희 전 대통령은 비록 겉으로는 탄압을 했지만 내심 이 노래를 마음에 깊이 새겼던 모양이다. '월급'에 관한 한 역대 어느 '왕'보다 큰 기여를 했으니. 그는 말 그대로 경제계획을 보기 좋게 성공시켰다.

이제는 딸이 아버지의 바통을 이어받았다. 딸 역시 아버지처럼 경제를 강조하고 있다. 다만 내용이 조금 다르다. 아버지는 대기업, 수출 위주였다면 딸은 중소기업과 창의성에 더 주력하는 모양새다. 에르하르트는 그 옛날 박

새마을노래 대전집
–
힛트레코오드사
LP 10장이
책자식으로 제본되어 있다.

정희 대통령에게 이렇게 말했다.

"서독 경제의 중추는 중소기업입니다. 국가경제의 핵심은 중간 규모의 안정과 번영입니다."

언뜻 박정희 대통령이 아니라 그의 딸에게 건넨 말처럼 들린다.

중간층이 약화하는 것은 시대의 흐름이었다. 1980년대에 시작된 신자유주의와 중국의 부상은 '빈곤화 성장'을 부추겼다. 이는 경쟁 우위 부문과 그렇지 못한 부문 사이에서 벌어진 양극화 현상이 그 원인이었다. 중국과의 교류로 대기업은 (해외 공장 설립 등으로) 자꾸 덩치를 키우는데, 중소기업은 갈수록 어려워졌다. 기술력이 약한 중소기업, 자영업, 농업 분야는 고전했다.

대기업과 중소기업, 자영업자들이 사이좋게 나눠 먹는 것은 큰 숙제가 아닐 수 없다. 사실 우리나라 사람들은 기질적으로 혼자 잘 먹고 잘사는 걸 못

본다. 대대로 그래왔다. 공산주의는 아닐지라도 적어도 너무 독점하려 들면 이를 견제하기 마련이었다.

조선시대에는 어떤 부자라도 집을 99칸 이상 짓지 못하게 해서 지배층의 자기 억제력, 이웃에 대한 배려를 몸소 실천하도록 유도했다.

우리가 쓰는 말 속에도 '같이 잘살자.' '혼자 너무 욕심내지 말라.'는 무의식이 담겨있다. 바로 우리가 가장 많이 쓰는 '우리'라는 말이다. 이를테면 우리는 '우리나라' '우리 엄마' 같은 표현을 많이 하는데, 가까운 중국만 하더라도 '나'를 쓴다. '내 나라'(我國) '내 부모'(我父母) '내 학교'(我學校)라고 한다. 그들은 생각의 중심에 '나'를 둔다. '우리'란 표현이 우리에겐 너무나 익숙하지만 외국인들에겐 신선한 충격이다.

몇 해 전 우즈베키스탄 국적의 미녀 한 명이 한국으로 귀화했다. 그녀는 귀화의 이유를 방송에서 이렇게 밝혔다.

"한국어 배울 때 '우리나라' '우리 엄마'라고 하는 게 이해가 되지 않았다. 외국은 '내 나라' '내 엄마'라고 한다. 처음엔 엄마도 공유해야 하나 생각했는데, 알고 보니 '다 같이 한가족처럼 산다.'는 게 정말 감동적이었다."

우리 조상들이 쓴 '한자'에도 '우리'의 마음이 고스란히 담겨있다. 중국인들은 중(中)이라는 글자를 '중앙'이라는 뜻으로 쓴다. 우리는 중앙보다는 '사이'라는 뜻으로 썼다. 중국이 '나'를 중심으로 주변을 꿇어 앉히려 했다면 우리는 어울리길 더 좋아했다.

극단적인 비교일 수도 있겠지만 히틀러의 '나의 투쟁'에 가장 많이 등장하는 단어는 '투쟁'이 아니라 '나'다. 그 어떤 자서전보다 '나'가 많다. 자기중심적인 사람들의 언어 습관이다.

말이 나온 김에 사족을 하나 더 달자.

한국의 초코파이 겉봉에는 '정'(情)이라는 글자가, 중국에는 '인'(仁)이라는 글자가 씌어있다. 두 나라의 미묘한 차이가 느껴진다.

인은 '어질다'는 뜻으로 스승이 제자에게, 임금이 신하에게, 군자가 소인에게 베푸는 마음이라는 뉘앙스가 강하다. 인은 매우 개인적이면서 웬만한 수양으로는 갖추기 힘든 덕목이다.

인과 비교할 때 정(情)은 사람 사이에 생겨나는 자연스러운 감정이다. 또한 인이라는 글자로는 도저히 불가능한 '미운 정'이라는 말도 성립 가능하다. 물론 사람을 사랑하면서 동시에 미워할 수 있는 것이 인이라지만 그것은 평등하고 공동체적인 감정은 아니다.

요컨대 정은 공동체를 우선하고 나 잘난 세상보다는 어울려서 다 함께 잘사는 세상을 추구했던 우리 조상들의 정서가 배어있는 말이다.

예부터 우리는 다 함께 잘사는 세상을 꿈꾸었다. 아니, 그러지 않고는 못배기는 백성들이었다.

잘살아보세 잘살아보세
우리도 한번 잘살아보세
금수나 강산 어여쁜 나라 한마음으로 가꿔가며
알뜰한 살림 재미도 절로 부귀영화 우리 것이다.

잘살아보세 잘살아보세

우리도 한번 잘살아보세

– '잘살아보세'

한운사(韓雲史·1923~2009) 작사 / 김희조(金熙祚·1920~2003) 작곡 / 1962년 발표 *

"신발이 없어서
학교에 못 온대요"

"아빠가 어렸을 땐 말이야……."

1980년대에 아버지들이 많이 하던 말이다. 그렇게 운을 떼고 늘어놓는 말들은 그다지 와 닿지 않았다. 말 그대로 옛날이야기다. 그 옛날이야기를 듣고 자란 세대가 이젠 아버지가 되었다. 그러니 얼마나 옛날 일인가.

'새마을 노래'에서 왜 그토록 열심히 살아서 부를 일구자고 했는지 언뜻 와 닿지 않는다. 얼마나 지지리 못살았기에?

이오덕(李五德·1925~2003) 선생의 일기가 어느 정도 답이 될 듯하다. 이 선생은 평생 아이들을 가르치면서 올바른 글쓰기를 전파했다. '강아지 똥'으로 유명한 권정생 선생과도 친분이 돈독했다. 그의 일기《이오덕 일기 1962~1977》/ 양철북 / 2013)를 통해 그 시절의 풍경을 대강이나마 엿볼 수 있을 듯하다.

처음으로 소개할 글은 1968년 5월 28일(목) 일기다. 학생들의 가정방문을 하다가 형편이 어려운 집안을 찾게 되었다.

● 올 때, 4학년 3반 ㅅ 선생의 부탁으로 정태순이란 아이의 집을 찾았다. 장기 결석이란 것이다. (중략) 이야기하는 중에 태순이 어머니가 장에서 돌아왔기에 얘기를 들으니 아버지도 없고(돌아가시고), 농사는 남의 논 두 마지기를 부치면서 딸 둘에 아들 하나를 기른다고 했다. 도화지나 연필을 살 돈도 어렵고, 작년에는 태순이를 어느 선생님이 3학년에서 5학년에 올려주겠다는 것을, 그리 되면 교과서를 살 수 없다고 거절했다 한다.

태순이는 나이가 많은 아이였다. 선생님이 특별히 배려해 두 학년 건너뛰게 해주겠다고 했지만 교과서 살 돈이 부족해 거절했다는 것이다. 참고서도 아니고 교과서마저 돈 걱정을 해가며 사던 시절이었다.

태순이는 다음 날인 29일 일기에도 등장한다.

● 태순이 집도 벌써부터 양식이 떨어졌다. 식구는 일곱인가 여덟인가 되었고, 태순이 어머니가 얘기 도중에 하는 인사가 이랬다.

"선생님, 아레(그저께의 옛말)는 강냉이죽을 태순이가 가져와서 제 동생을 줬어요. 선생님이 주신 거라나요."

그걸 제가 안 먹고 동생 가져다줬구나! 가슴이 뭉클해졌다.

선생은 일기에서 며칠 전 일을 회상한다. 그날 도시락을 싸오지 않고 학교에서 끓이는 강냉이죽을 가져와서 먹었는데, 강냉이죽 심부름을 태순이에게 시켰다. 가져온 강냉이죽을 다 먹지 못하고 태순이 도시락에 얼마 정도 덜어

주었다. 그리고 며칠 뒤 태순이가 그 죽을 먹지 않고 동생에게 가져다주었다는 이야기를 들었던 것이다. 태순이네는 얼마나 힘들었기에?

● 태순이 집에 찾아갈 때 윤희를 따라 같이 가면서 들은 말이 이렇다. "태순이 엄마는 아까 쌀 한 되를 우리 엄마한테 구해달라고 해서, 그래 엄마가 구해줬어요……."

그 쌀과 아직 채 익지 않은 보리 이삭을 잘라 장만해서 나물죽을 끓여먹는다는 이야기였다.

먹는 것, 입는 것, 돈에 이르기까지 무엇 하나 풍족한 게 없는 시절이었다. 요즘은 급식도 눈치 보면서 먹으면 기죽는다고 전체 무상급식을 추진하는 분위기지만 그때는 돈이 없어서 매를 맞기도 했다. 1967년 3월 23일(목)일기다.

● 쉬는 시간 사무실에 누더기 옷을 걸친 아이 넷이 불려왔다. 보니 전(前) 담임선생이 기성회비 작년 것을 안 냈다고 야단치는 모양이다. 이걸 보고 있던 담임선생은 다짜고짜로 뺨을 무섭게 갈기면서 "이놈들, 기성회비 안 내는 놈은 모두 우리 반에만 있구나." 하고 고함을 친다. 맞은 아이 중에 셋은 눈물이 글썽거리는데, 키가 큰 아이 하나는 아주 서럽게 눈물을 비 오듯 흘린다. 참 기막힌 광경이다.

선생에 따르면 이 아이들은 지난해 기성회비를 내지 않았다. 해가 바뀌었지만 '작년 기성회비' 때문에 꾸중을 듣는 것이다. 선생의 말마따나 '참 기막힌 광경이다.' 사채업자가 따로 없다. 가난이 사람들을 괴물로 만든 것일까, 싶다.

1970년 2월 12일(목)에도 '정말 이랬을까?' 싶은 내용이 담겨있다.

● 아침에 출석을 부르려는데 태운이가 "선생님, 규창이는 신이 없어서 못 옵니다. 다음 장날 지나야 옵니다." 한다.

태운이는 규창이 형인데 같은 2학년이다. 신이 없어서 며칠 전부터 안 왔구나.

"신이 왜 없느냐?"

"다 떨어져서 신을 수 없어요."

다 떨어져서 신을 수 없어? 나는 얼른 할 말이 안 나왔다.

"할 수 없지……."

정말 할 수 없는 일이다. 일월산이 건너다보이는 높은 산꼭대기에 살고 있는 아이들이, 맨발로 험한 산길을 이런 겨울에 오르내리는 것은 생각할 수 없는 일이다. 가까운 곳이라면 발에 맞지 않는 어른들의 것이라도 끌고 온다 하지만.

또 장날이 아니면 신 한 켤레 사려고 80리 길을 걷기도 어렵겠다.

(중략)

옷이 없어서 어른들이 입던 커다란 바지를 입고는 가랑이를 걷어 올리고 학교에 오고, 어떤 때는 어른들의 커다란 한복 저고리를 걸치고 오면서도 아주 태연한 아이들을 생각할 때, 부모들의 무심보다도 역시 아이들의 시중을 들어줄 만큼 여유가 없는 것이 분명하다.

신이 없어서 학교에 못 오는 아이, 옷이 없어 어른들의 옷을 입고 학교에 오는 아이. 말 그대로 '옛날'이다. 요즘은 그럴 부모도 없겠지만 그랬다간 아마 아동학대로 신고를 당할 것이다.

같은 해 3월에는 가출 청소년 이야기가 나온다. 3월 28일(토)의 기록이다.

● 낮에 들으니 숙자 오빠가 벌써 집 나간 지 열흘이 되어도 소식이 없다 한다.
(중략)

산에 나무하러 가서 지게를 나무에 매달아놓고 갔다니, 옛날부터 흔한 농촌 소년들의 가출형이다.

그런데, 영양 어느 곳에는 최근 한 마을 소년들이 일곱이나 몽땅 이렇게 하여 지게를 산에 버리고 도망을 가버렸다고 하는데, 이런 아이들이 전국에 얼마나 많을까? 신문을 보니 여자아이들도 집을 몰래 떠나 도시로 나가는 아이들이 많은 모양이다.

가출한 아이들은 모두 공장에 가거나 가정부로 취직해 힘겨운 일상을 이어갔을 것이다. 추석과 설날에 선물꾸러미를 들고 고향에 금의환향할 꿈을 꾸면서.

가난이 빚은 비극이었다. *

5

우린 농사꾼 집안이란 말입니다!

하동
(경남 하동)

'물레방아 도는데'

우린 농사꾼
집안이란 말입니다!

돌담길 돌아서며 또 한 번 보고

징검다리 건너갈 때 뒤돌아보며

서울로 떠나간 사람

천리타향 멀리 가더니

새봄이 오기 전에 잊어버렸나

고향의 물레방아 오늘도 돌아가는데

두 손을 마주잡고 아쉬워하며

골목길을 돌아설 때 손을 흔들며

서울로 떠나간 사람

천리타향 멀리 가더니

가을이 다 가도록 소식도 없네

고향의 물레방아 오늘도 돌아가는데

– '물레방아 도는데'
　정두수 작사 / 박춘석 작곡 / 나훈아(羅勳兒·1947~) 노래 / 1972년 발표

나훈아 / 1989년 1월 / 아세아 / '물레방아 도는데' 등이 수록돼 있다.

시골로 찾아가는 프로그램은 언제나 인기다. 방식이 다르고 출연진이 바뀌어서 그렇지 늘 그런 프로가 있어왔다. '6시 내 고향'도 알고 보면 고향 찾기 프로그램이다.

지역 방송에서는 아예 밍식을 간다. 시골 노인들을 주인공으로 내세운다. 곡절 많은 사연에 진행자가 눈시울을 붉힐 때도 있다. 시청률도 괜찮게 나온다. 지역에서 10퍼센트를 넘기는 프로가 탄생하기도 했다. 지역 방송으로서는 거의 기적에 가까운 시청률이다.

이런 프로가 인기를 끄는 이유가 뭘까. 시청자 층을 보면 쉽게 알 수 있다. 50대 이상이 주로 시청한다. 60대 이상은 결혼 즈음 혹은 그 이후까지 시골에서 살았던 이들이 많다.

그들에게 농촌은 고향 그 자체다.

지게만 덩그러니 남겨놓고 가출한 아이들

그런 시절이 있었다. 시골이 텅텅 비어가던. 고향을 등지고 도시로 떠나는 이유는 간단했다. 농사지어선 먹고살기가 빠듯했기 때문이었다.

이는 어느 정도 정책적인 것이었다. 쌀값 통제를 통해서였다. 일단 정부에서 쌀값을 내렸다. 쌀값을 낮춰서 묶으면 두 가지 효과가 나타났다. 첫째는 도시 노동자들의 최저 생계가 보장됐다. 두 번째는 시골에 있는 '싱싱한' 노동력을 도시로 빼올 수 있었다. 대부분 부모님께 하직인사 올리고 배웅을 받으며 도시로 떠났겠지만, 몰래 고향을 떠난 아이들도 많았다.

앞서 읽은 이오덕 선생의 일기에도 그런 내용이 나왔다. 1970년 3월, 봄이

문경새재 물레방아. 물레방아가 도는 모습은 한국인에게 가장 친근한 풍경이다.

되자 시골에는 가출 청소년이 속출했다. 일기에는 '숙자 오빠가 집 나간 지 열흘'이었다. 대개 나무하러 가는 척 산에 올랐다가 나무에 지게만 걸어놓고 사라졌다. 선생은 혼잣말처럼 이렇게 썼다.

'이런 아이들이 전국에 얼마나 많을까?'

정말 궁금하다. 얼마나 많은 청소년들이 집을 떠났을까.

꿈을 찾아 도시로 갔지만 기다리는 건 대부분 생고생이었다. 그 시절을 살아낸 어른들의 이야기를 들어보면 며칠씩 굶는 건 다반사였고, 악덕 업주에게 걸려서 돈도 못 받고 고생한 경우도 적지 않았다. 오늘날 동남아 노동자와 비슷한 처지였다.

그 세대의 고생담은 문학에도 고스란히 녹아들었다. 〈난장이가 쏘아올린 작은 공〉에서는 어쩌면 그 가출 청소년 중의 한 명이 일했을지도 모르는 공장의 풍경을 이렇게 묘사했다.

"영희는 청력 장애를 일으켰다. 직포와 작업 현장의 소음이 영희를 괴롭혔다. 나는 그때 보전빈 기시 조수로 일하고 있었다. 밤일을 하는 영희를 보는 순간 나는 죽고 싶었다. 영희는 졸음을 못 참아 눈을 감았다. 두 눈을 감은 채 직기 사이를 뒷걸음쳐 걷고 있었다. 그 밤 작업장 실내 온도는 섭씨 39도였다. 은방강직의 기계들은 쉬지 않고 돌았다. 영희의 푸른 작업복은 땀에 젖었다. 영희가 조는 동안 몇 개의 틀이 서버렸다. 반장이 영희 옆으로 가 팔을 쿡 찔렀다. 영희는 정신을 차리고 죽은 틀을 살렸다. 영희의 작업복 팔 부분에 한 점 빨간 피가 내배었다. 새벽 3시였다. 새벽 2시부터 5시까지가 제일 괴롭다고 영희는 말했었다. 영희는 눈물이 핑 돈 눈을 돌렸다."

모든 공장이 이렇게 극단적이지는 않았다. 나름의 꿈을 키우는 이들도 있었다. 착실하게 돈 벌어서 고향에 부치고, 고향 친구들과 즐거운 추억을 쌓았던 이들도 많았다. 그들에게 공장은 기회였고, '도시 사람'이 되는 가장 쉽고 빠른 길이었다. 농사보다 힘든 공장 생활이었지만 도시 생활 몇 년 하고 나면 김매기나 모내기 같은 농사일을 낯설어 했다. 말은 안 했지만 그들의 태도에서는 이런 말이 흘러나왔다.

"나 이래봬도 몇 년이나 수돗물 먹고 산 사람이야. 우물물하고는 격이 다르다고!"

구미산업단지 풍경. 1968년 8월 구미 지역을 '지방공업개발 장려지구'로 지정하면서 시작되었다.

그럼에도 타향살이는 마지못해 선택한 삶이었다. 적응은 했지만 마음은 늘 고향의 우물가와 산과 들에 머물렀다. 이를테면 그들의 머릿속에는 4계절이 아니라 농사 절기를 따른 12개쯤의 계절이 존재했다. 자연과 가까이 살면서 싹이 트고, 꽃이 피고, 열매가 맺히고, 마지막 낙엽이 떨어지는 풍경을 보았던 사람은 안다. 계절을 단순히 4등분하는 것은 지나치게 거친 나누기라고.

산제비 넘는 고갯길
산딸기 피는 고갯길
재 넘어 감나무골 사는 우리 님
휘영청 달이 밝아
오솔길 따라 오늘 밤도

그리움에 가슴 태우며 나를 찾아
오시려나 달빛에 젖어

– '감나무골'
　정두수 작사 / 박춘석 작곡 / 나훈아 노래 / 1973년 발표

산제비가 고개를 넘는 즈음, 산딸기 필 무렵, 그 뒤를 감나무가 계절감각
을 이어간다. 시골에 살면서 오랫동안 감나무를 지켜본 사람은 잘 안다. 감
나무는 계절을 알리는 시계 같은 나무다. 싹이 트고, 꽃이 피고, 열매가 굵어
지다가, 주홍색 빛을 띠게 되기까지 말 그대로 하루하루가 다른 모습을 보여
준다. 워낙 가까이서 지켜본 까닭도 있겠지만 감나무는 분명히 가장 세밀하
게 계절을 나누어 보여주는 나무다.

작사가가 저 노래의 제목을 하필 '감나무골'로 한 것도 이런 계절 감각을
자극하려 했던 것이 아닐까. 시골에서 살다가 도시로 온 이라면 감나무를 기
억하고 있을 테니까. 감나무를 마음에 품은 사람들은 계절을 4등분하는 도
시에서 살기에는 너무 예민한 계절감각을 가졌다. 그들에게 도시는 아무리
적응하려 해도 낯선 곳이었다.

그들은 떠도는 사람들이었다. 그래서 이 노래도 히트했던 것이리라.

머나먼 남쪽 하늘 아래 그리운 고향
사랑하는 부모형제 이 몸을 기다려
천리타향 낯선 거리 헤매는 발길

나훈아
-
1972년 9월
지구
고향 노래 '감나무골' 등 수록

한잔 술에 설움을 타서 마셔도
마음은 고향 하늘을 달려갑니다

– '머나먼 고향'
  박정웅(朴政雄·1943~) 작사·작곡 / 나훈아 노래 / 1972년 발표

라면 먹을 때 꼭 김치를 곁들이는 이유

　조금 다른 이야기지만 라면은 이 시대를 대표하는 음식이었다. 라면이 탄생한 것은 1963년 9월이었다. 1960년대에 태어나 1970·1980년대를 거쳐 지금까지 국민적인 사랑을 받고 있는 이 음식은 그 시대 우리 삶의 자취를 고스란히 담고 있다.

　라면을 이해하기 위해서는 할아버지인 국수를 먼저 살펴봐야 한다. 국수는 '떠도는 자들의 음식'이었다. 메소포타미아에서 탄생해 중국, 한국, 일본까지 퍼진 국수는 유목민들이 선호했다. 휴대가 간편했기 때문이었다. 대상과 유목민들은 건조 전문가들에게 국수를 구입해서 장거리 여행을 하면서 먹었나. 건조국수는 이들에게 훌륭한 비상식량이었을 것이다.

국수를 세계적인 식품으로 만든 사람들도 유목민들이었다. 국수를 전 세계에 전파한 장본인은 다름 아닌 칭기즈 칸과 그의 가난한 유목민 전사들이었던 것이다.

라면이 불티나게 팔리던 때도 '유목'의 시절이었다. 산업화가 시작되면서 건실한 청년들과 민들레꽃 같은 누님들은 도회의 공장과 '공사판'으로 몰려들었다. 그들은 뿌리를 내리지 못하고 떠도는 사람들의 건조음식을 먹으면서 허기를 달랬다. 요컨대 라면은 단순한 유행 음식이라기보다 그 시대의 초상이었던 것이다.

1970년대를 배경으로 한 영화 〈챔피언〉에도 라면이 등장한다. 권투선수 김득구(1955~1982) 역을 맡은 배우(유오성)가 손에 달걀을 들고 석유풍로에 라면을 끓이던 모습이 눈에 선하다. 그 시절 청춘들의 초상이었다. 고향 부모님에게는 "잘 있다."는 말로 안심시키면서 물설고 낯선 도회에서 '뜨내기'로 서러운 청춘을 보냈던 그들.

그들의 가슴은 언제나 고향에 머물러 있었다. 고향에 대한 의식 중 가장 큰 부분을 차지하는 것은 '뿌리'에 대한 자존심이었다. 뜨내기가 아니라 대대로 살아온 집과 땅이 있다는 자부심은 황석영의 1973년도 작품 〈돼지꿈〉의 공장 노동자 '근호'의 입에서 흘러나온다. 그는 고물 수집을 하는 홀

구미 수출탑. 1976년에 수출 10억 달러 달성을 기념해 세웠다고 한다.

아비와 딸을 결혼시키려는 어머니에게 "우린 그래도 농사꾼 집안"이라며 목
에 핏대를 올린다.

떠도는 삶과 전통 혹은 고향에 대한 그리움은 다시 식탁에서 묘하게 만난
다. 바로 김치를 곁들인 라면이었다. 다양한 반찬이 있지만, 라면은 김치와 가
장 잘 어울린다. 아니, 김치 없는 라면이 어찌 라면일 수 있으랴.

사실, 김치와 어울리지 않는 음식은 없다. 그 어떤 음식에라도 김치 혹은
김치 비슷한 반찬을 곁들인다. 그렇지 않고서는 도저히 목이 매끈하게 뚫리
지 않는다.

김치는 떠도는 자들의 음식이 아니다. 다른 발효음식과 달리 건더기와 국

물이 같이 있어서 옮기기가 힘들다. 밭에서 뽑은 배추보다는 부피가 줄지만 무게는 국물 때문에 더 무거워진다. 딱딱한 치즈나 말린 고기와 국수라면 모를까, 장독대를 말에 싣고 다닐 유목민은 없다.

폴 크레인(Paul Crane·1919~2005)이라는 선교사가 있었다. 그는 일제강점기부터 우리나라에 머물면서 의료인으로도 활동했는데 '구바울'이라는 한국 이름도 얻었다. 1960년대 일제강점기를 분석하면서 조선인들이 근본적인 차원에서는 일본을 따르지 않았다고 강조했다. 근거 중의 하나가 음식이었다.

"서울에 새로 개업하는 일본 식당이 많지만 한국인들은 '김치'가 있는 자신들의 식단을 선호한다."

그는 이렇게 결론을 내린다.

"일본인들은 (45년 조선 통치 기간 중) 15년을 한국인들을 일본화시키려고 했지만 한국인들은 그냥 한국인으로 남아있었다. 그들은 자신들의 전통문화에 적합한 외형적인 것들만 일본에서 받아들였고, 일본식으로 보이는 관습과 태도는 거부하였다."

구바울에게 '김치'는 가장 한국적인 음식이자 한국인들의 문화와 정신을 상징하는 무엇이었던 것이다.

박재란
–
도미도레코드
연도 미상
히트앨범 1집
'맹꽁이타령'을 불렀다.

라면에 곁들인 김치에서도 그런 의미가 읽힌다. 마치 일제강점기 일본 음식을 거부한 것처럼, 떠도는 시대에 뿌리를 내리고 살던 시대의 전통을 그리워하고 움켜쥐려 했던 우리네 정서를 상징하는 게 아닐까.

열무김치 담글 때는 님 생각이 절로 나서
걱정 많은 이 심사를 달래어주나
논두렁에 맹꽁이야 너는 왜 울어
음~ 안타까운 이 심사를 달래어주나

– '맹꽁이 타령'
　이부풍(李扶風·1914~1982) 작사 / 형석기(刑奭基·1911~1994) 작곡 /
　박단마(朴丹馬·1921년~1992) 노래 / 1938년 발표
　* 1960년대에 박재란이 다시 불러 히트시켰다.

만약에 김치가 없었더라면 무슨 맛으로 밥을 먹을까
진수성찬 산해진미 날 유혹해도 김치 없으면 왠지 허전해
김치 없이 못 살아 정말 못 살아 나는 나는 너를 못 잊어
맛으로 보나 향기로 보나 빠질 수 없지
입맛을 바꿀 수 있나

– '김치 주제가'
　　박인호(朴仁浩·1954~) 작사·작곡 / 정광태 노래 / 2001년 발표

'김치' 없이는 못 사는 우리나라 사람들. 〈돼지꿈〉에도 떠도는 '라면' 같은
일상에다 김치를 얹은 듯한 풍경이 곳곳에 묘사되어 있다.

"환기구멍 겸 창문 대신 뚫어놓은 연두색 플라스틱 슬레이트가 위를 향해
치켜져 있는 게 보일 만큼 집들이 주저앉아 있었다. 골목을 빠져나가면 동네
의 유일한 펌프가 있었고, 옛날 버릇대로 유휴지의 이곳저곳에 제각기 일구
어놓은 채소밭이 있었다. 파, 옥수수, 배추 등속이 자라나 있었다."

문화란 말이 경작(culture)이란 단어와 상통한다는 것을 기억한다면, 이들
의 '옛날 버릇'이 얼마나 많은 의미를 지니고 있는지 금세 눈치 챌 수 있다. 직
접적으로 언급한 대목도 있다.
야참을 먹으러 포장마차에 들른 여공들이 주고받는 이야기를 듣고 있다
가 노인 하나가 발끈해서 소리를 버럭 지른다. 여공들의 말이 되바라지긴 했

나훈아
–
1973년 4월
지구
'고향의 그 사람' 등 수록.

지만, 요즘 같으면 못 들은 척 그냥 지나쳤을 것이다. 노인이 나간 뒤 포장마
차 주인은 말한다.

"영감네들이야 모두 저렇지. 그저 옛날 생각이나, 아니면 촌에서 마실 댕기
던 데루 여긴단 말야."

노인도 고향을 그리워하는 사람이었을 것이다. 사실은 여공도 마찬가지
였다. 노인이 목소리를 높이기 전 여공들이 주고받은 이야기에 이런 대목
이 있다.

"고향엔 이젠 못 간다. 늬들 갈 수 있다고 생각해?"
"앞으로 몇 년만 참으면, 기술이라두 배우잖어?"

　사람들의 심성도 전통사회의 그것이나 다름없었다. 누군가 죽은 개를 한 마리 가져오자 십시일반으로 술과 먹거리를 모아 공터에서 마을 잔치를 벌인다든지, 가출했다가 임신한 채 돌아온 '여자아이'를 이웃에 살던 노총각이 구제해주는 이야기가 그렇다.

　포장마차와 길거리, 공터 모두에 내 고민을 들어줄 이웃이 있고 나름대로 삶의 철학을 전하는 목소리들이 존재했다. 이웃 사이가 청와대에서 주문 제작한 방탄유리보다 더 두터운 유리벽으로 갇히고, 소통이라고 해봐야 스마트폰 속의 친구 사이에 오가는 고만고만한 대화가 전부인 현재와 사뭇 다른 풍경이다.

　요컨대, 마을의 모습이나 주고받는 대화, 사람들의 살아가는 모습 모두가 다 식어빠진 라면에 푹 익은 김치를 얹은 듯한 모습이었다. 그들은 밤마다 고향으로 달려가는 꿈을 꾸었을 것이다.

"그래요. 밤마다 내일 아침엔 고향으로 출발하리라 작정하죠. 그런데 마음뿐이지, 몇 년이 흘러요."

– 황석영의 〈삼포 가는 길〉 중 백화의 대사

　어쩌면 공장에서 일했던 시골 처녀도, 백화도 이 노래를 제일 자주 흥얼거렸을지 모른다.

코스모스 피어있는 정든 고향역

구미 수출대로.

이뿐이 곱뿐이 모두 나와 반겨주겠지
달려라 고향열차 설레는 가슴 안고
눈 감아도 떠오르는 그리운 나의 고향역

코스모스 반겨주는 정든 고향역
다정히 손잡고 고개 마루 넘어서 갈 때
흰머리 날리면서 달려온 어머님을
얼싸안고 바라보았네 멀어진 나의 고향역

– '고향역'
　임종수(林鍾壽·1942~) 작사·작곡 / 나훈아 노래 / 1972년 발표

1990년대 '곤지곤지'의 재발견, 왜?

어른 아이 할 것 없이 고향을 떠나 떠돌던 시절, 우리는 경제와 효율을 위해 우리가 얼마나 많은 것들을 상실했는지 그때는 미처 몰랐다. 그저 어릴 적 고향에 대한 향수쯤으로, 두루뭉술하게 느꼈을 뿐이었다. 우리는 고향 그 이상의 무엇을 그리워하고 있었지만, 그 사실 자체도 몰랐다. 나중에는 우리가 잃어버린 것이 무엇이었나를 연구하는 사람들까지 나타났다. 더욱 자세하게 말하면 과거에는 당연한 것이라고 여겼는데, 사라지고 난 뒤 새삼 그 가치를 깨닫게 된 것들이다. 수필가로 유명한 유안진 교수도 그런 책을 한 권 펴냈다.

《한국 전통사회의 유아교육》(1991). 유아교육자들이 필독서처럼 읽었던 책이다. 책에는 '곤지곤지'에 담긴 뜻 같은, 전통 유아교육법을 새롭게 인식한 내용이 담겨있다. 서두에 새긴 말을 그대로 옮기자면 '낡고 근거 없는 것이라고만 여겨지던 전통적인 유아교육을 학문적인 연구대상으로 삼아' 연구한 끝에 전통 유아교육이 '매우 진보한 아동관과 그 사회의 가치관을 담은 교육방식이었음을 발견하고 증명해냈다.'

우리의 전통이 낡고 근거 없다는 인식은 매우 오랫동안 지속되었다. 혹은, 유안진 교수가 책을 펴내던 즈음까지.

우리가 과거를 '낡은 것'으로 여기고 무조건 폐기처분하던 그 시기, 얼마나 많은 것들이 멀쩡한 모습으로 쓰레기통에 들어갔을까. 유안진이 분투해 쓰레기통에서 끄집어낸 '유아교육'은 여공들이 부모 세대에게 이어받을 기회마저 박탈당한 지혜였다. 그러한 단절이 유아교육 외에도 얼마나 더 많았을까.

나훈아
–
1970년 5월
성음제작소
'너와 나의 고향' 등 고향 노래 수록

그 황량한 시절에도 우리는 믿고 있었다. 지금 생각하면 어리석은 생각이지만. 고향만은 변함없으리라는 것, 언젠가 돌아가 안주할 땅이 우리에게 있다는 것. '나'는 변화의 한가운데 있더라도 고향땅은 옛 가치를 지키면서 나를 기다려주고 있으리라 믿었다. 나훈아의 '물레방아 도는데' 가사에도 그런 믿음이 절절하게 담겨있다.

'고향의 물레방아 오늘도 돌아가는데……'

고향은 거기에 그대로 있으리라는 믿음. 혹은 그래야 한다는 신념이었는지도 모르겠다. 고향이 없다면, 추석과 설날 때마다 언제나 그 모습 그대로 우리를 품어주는 어릴 적 뛰어놀던 그 동네가 없었다면? 우리는 말 그대로 새벽에 유령처럼 나타나 허공을 유영하다가 자취 없이 사라지는 스모그 같은 모습으로 살아가지 않았을까.

수천 년이 흘러도 변함없는 한국인의 '고향'은?

지금의 세대에겐 옛날 사람들이 말하는 실개천이 흐르는 고향이 없다. 개성이라곤 없는 아파트에서 태어나 사계절 내내 냉랭한 표정으로 일관하는 빌딩숲을 보고 자란다. 하루 하루 새로운 생명들이 나타났다 시들고, 감탄이 절로 나오는 빛깔과 소리, 향기를 선사하던 산촌은 이제 더 이상 없다.

고향은 영원히 사라진 것일까? 국민의 80퍼센트 이상이 농업에 종사하지 않는 지금, 전통적인 고향은 이제 더 이상 찾을 수 없는 것일까.

고향을 그저 장소로만 생각한다면 그럴 수도 있다. 하지만, 조금 포괄적으로 '한반도' 자체를 고향이라고 한다면, 그 안에서 살아가는 사람들 모두를 '고향 사람'이라고 한다면 상황은 조금 달라진다.

물론 우리는 변했다. 옛날과는 많이 다르다. 1960년대와도 다르고, 일제 강점기와도, 그리고 조선시대와는 더더욱 멀어졌다. 그런데, 정말 우리는 완전히 달라졌을까. '한반도인'의 뿌리는 1960~1970년대를 마지막으로 아주 뿌리 뽑히고 말았을까.

가요만 살펴보면 그렇지 않아 보인다. 한반도에 살았던 이들의 특징을 잘 드러낸 아주 중요한 언급이 수천 년 전에 있었다. 우리가 잘 아는 중국 고대 역사서 《삼국지》〈위지동이전〉에는 우리나라 사람들이 술을 잘 마시며 춤과 노래에 능하다고 언급되어 있다.

1970년대 초 기숙사와 공장. 그 시절 마음속에는 늘 '고향'이 자리하고 있었다.

'5월이 되어 씨 뿌리기가 끝나면, 신에게 제사를 지내고 밤낮으로 술 마시고 놀면서 여럿이 모여 춤추고 노래했다. 한 사람이 춤을 추면, 수십 명이 일어나서 뒤를 따라가며 함께 춤을 추었다. 10월이 되어 농사일이 끝나면, 다시 이와 같이 논다.'

좋건 싫건 음주는 아직도 우리나라를 대표하는 모습 중의 하나다. 폭탄주가 이렇게 흔한 나라가 어디 있을까.

춤추고 노래하는 습관은 비교적 긍정적이다. 일요일마다 찾아오는 '전국노래자랑'을 비롯해서 오디션 프로가 넘쳐나고 시골 읍내에도 하나쯤은 있기 마련인 노래방에는 언제나 아마추어 가수들의 멋진 공연이 펼쳐진다.

노래하고 춤추는 습관은 결국 거대한 흐름을 만들었다. 바로 '케이팝'(K-pop)

이다. 10대에서 20대의 젊은 친구들이 똑같은 동작으로 춤을 추는 모습은 아시아를 넘어 유럽까지 매료시키고 있다. 이른바 '아이돌' 열풍이다.

가수들의 공연에서도 '잘 노는' 한반도인들의 기질이 그대로 드러난다. 대표적인 것이 '떼창'이다. 가수들이 공연을 할 때 노래를 따라 부르는 것을 말하는데, 도무지 가수 혼자 놀게 그냥 두지 않는 우리네 '끼'가 발동한 현상이다.

〈위지동이전〉이 씌어질 때는 어땠는지 모르겠지만 조선시대만 하더라도 탈춤 공연장이든 판소리 판이든 관객들은 무대에 빙 둘러서서 추임새를 넣고 노래를 따라 불렀다. 판소리는 반드시 그랬을 것이다. 판소리는 당대에 유행하는 민요 등을 많이 흡수했는데, 재밌는 이야기를 듣다가 유행가가 나왔다면 우리나라 사람들이 입 닫고 듣고만 있을 리 없다. 마당놀이에서 관객이 조용하면 그게 어디 마당놀이라고 할 수 있을까.

외국 뮤지션들이 가장 감동하는 대목이 바로 '떼창'이다. 그 '맛'에 다시 한국을 찾겠다는 이들도 있다. 싸이의 공연에서도 관중들이 한 목소리로 노래를 따라 부르는 모습이 그렇게 인상적이었다고 하지 않는가. 그러므로 "여럿이 모여 춤추고 노래했다. 한 사람이 춤을 추면, 수십 명이 일어나서 뒤를 따라가며 함께 춤을 추었다. 10월이 되어 농사일이 끝나면, 다시 이와 같이 논다."는 기록은 옛날이야기가 아니라 오늘 혹은 이후로도 오랫동안 이어질 현재형의 이야기다.

옛 풍경은 사라졌지만 이 땅에서 살아온 사람들의 기질이나 습관은 그대로 남아있다. 강압적인 근대화(일제강점기)와 산업화가 우리 삶을 잡아 흔들었지만, 뿌리는 그대로 굳건하게 '고향땅'을 움켜쥐고 있었다. 메마른 땅일수록 뿌리를 더 깊이 내린다는 나무처럼 더더욱 '고향'을 마음에 새긴 덕분이 아니었을까.

우리네 '향수'가 얼마나 강했던가는 명절 때마다 찾아오는 '명절의 대이동'을 보면 된다. 지금은 좀 덜해졌지만 1960~1970년대는 말 그대로 귀성 전쟁이었다.

이도저도 아니라면, 가장 근본적인 '고향'은 우리가 밟는 땅에, 사시사철 불어오는 바람 속에 알갱이처럼 존재하고 있는 것인지도 모르겠다.

갑자기 묵은지를 곁들인 라면이 먹고 싶다. *

더늠

케이팝 열풍의 초석은
이미 세종대부터……

1960·1970년대 큰 인기를 누린 가수를 만난 적이 있다. 그는 요즘의 '아이돌'을 두고 "열심히 하면 나중에 뮤지션이 될 수도 있다."고 말했다. '아직'까지는 뮤지션으로 인정하기 힘들다는 이야기다. 아이돌들이 음악보다는 톡톡 튀는 외모와 댄스로 인기를 끈다는 점을 감안한다면 그의 평가가 그리 이상할 것도 없다. 더군다나 10대 댄서들에 대한 이러한 평가는 오늘날에 툭, 튀어나온 것이 아니다.

조선에도 10대 아이돌이 있었다. 무동들이었다. (이들은 기녀와 비슷한 역할을 했지만 기생과 달리 오로지 '음악활동'에만 집중했다.) 무동은 열한 살 이상 열세 살 이하의 사내아이 중에서 뽑힌 아이들로, 조건은 '용모가 단정하고 성품과 기질이 총명해야 한다.'는 것이었다. 무동을 조달하는 데 어려움이 많아 세종 29년에는 무동제도가 폐지되었으나 일정 시간이 지난 후 다시 부활했고, 조선말까지 전통이 지속됐다.

이들은 여러 면에서 오늘날의 아이돌과 비슷했다. 우선 아이돌들이 나이를 먹으면 자연스럽게 해체 수순을 밟듯이 이들도 소집해제를 했다. 나이를 먹으면 더 이상 활동을 할 수 없는 특수성 때문에 늘 새로운 무동이 충원 됐다. 아이돌들이 다음 세대의 '아이들'에게 자리를 내주는 것과 비슷하다.

바로 이즈음 집으로 돌아가는 자와 뮤지션으로 남는 자가 갈라졌다. 악공(뮤지션)의 자질이 다분한 아이들은 고향으로 돌려보내지 않고 장악원에 남겼던 것이다. 위의 원로 가수가 요즘 아이돌들을 두고 했던 이야기와 일맥상통한다.

중요한 점은 이러한 무동제도가 현재에 꽃피고 있다는 것이다. 가요계 전문가들은 여러 명의 '아이들'이 일사분란하게 춤추는 모습이 세계의 젊은이들을 매혹시켰다는 분석을 한다. 바로 무동의 전통이 계승되었다고 해도 과언이 아니다.

이렇게 보면 조선의 무동이 지금의 케이팝 한류의 초석이었다. 또한 '아이돌'들의 음악성에 관한 논란도 조선시대에 이미 일정 부분 정리를 해놓은 셈이다. *

LP 10만 장 보유한 한국복지사이버대학교 김옥현 이사

가요는 역사의 음성

"벽(癖)이 없는 사람은 버림받은 사람이다."

조선의 실학자 박제가가 남긴 말이다. 여기서 벽이란 병에 가까운 취미를 뜻한다. 벽을 가진 사람이란, 요즘으로 치면 '마니아'가 될 것이다. 박제가 본인은 중국 마니아였다. 그 덕에 '북학'이라는 실학의 큰 문을 열어놓았다.

벽이 없는 사람이 무엇으로부터 버림받은 것인지는 모르겠지만, 그의 말대로 깊은 취미를 가져보지 못한 사람은 세상 살아가는 참맛 하나를 모르고 살아가는 건 분명한 듯하다. 《홍길동전》을 지은 허균의 말마따나 벽이 있는 사람은 거기에 도취되어 돈과 벼슬은 물론이고 생사조차 돌아보지 않는다.

김옥현 이사가 젊은 시절 한 장 두 장 모은 LP는 10만 장이나 된다.

젊은 시절 한 장 두 장 모은 LP가 10만 장

한국복지사이버대학교 김옥현 상임이사는 'LP벽'에 걸린 사람이다. 사무실 한쪽 벽면에는 LP판이 빼곡하게 들어차 있다. 우리 가요를 중심으로 일제강점기부터 1990년대까지 항목별·가수별로 정리해놓았다. 가요팬이라면 그냥 쳐다보고만 있어도 옛사랑을 만난 것처럼 심장이 두근거린다. 김 이사도 마찬가지다.

마치 어린아이가 소중한 장난감을 친구에게 소개하듯이 수백만 원을 호가하는 희귀 LP판을 끄집어내 소개하고 턴테이블에 올려 음악을 틀어준다. 음악이 흘러나오는 순간 사무실은 음악감상실로 바뀐다.

낯설다. 대학교 사무실에서 추억의 가요라니. 김 이사의 프로필을 봐도 납득이 되지 않는다. 젊은 시절 패션계에 종사하면서 나름대로 이름을 날렸다.

6.25 전쟁 특별기획전 '전선야곡' 커팅식 중인 김옥현 이사.

1988년 이탈리아 토스카나에서 자투리 양가죽을 수입해 점퍼를 만들어 팔아 대박을 냈다. 서울 현대백화점에 제품을 내놓자마자 날개 돋힌 듯 팔렸다. 1992년에는 대구로 내려와 건설업에 뛰어들었다. IMF라는 큰 파고를 잘 넘기면서 오히려 불황에 강한 회사라는 명성까지 얻었다. 이를 바탕으로 2010년 한국사이버복지대학 창립 멤버로 참여했다. 대학 건물을 손수 지었다. 아무리 훑어봐도 가요나 LP판과 관련된 이력이 없다. 그렇다고 사이버대학에 그 흔한 '실용음악' 관련 학과가 있는 것도 아니다.

"사실은 젊은 시절 DJ를 했습니다, 하하!"

역시, 퍼즐이 풀렸다. DJ들의 흔한 추억담이 그의 입에서도 흘러나왔다. 가발을 쓰고 방송을 하면서 누나들깨나 울렸던 이야기며, 그 시절 좀 잘 나간

LP를 들고 있는 김옥현 이사. 그는 한때 'DJ'로 이름을 날렸다.

다 하는 언니와 멋쟁이 형님들이 드나들었던 코리아, 카네기, 대보 같은 음악 감상실 이름이 줄줄이 나왔다. 그에게 음악을 가르친 이들은 대구·경북 FM 방송에서 이름을 날렸던 김진규, 도병찬 같은 명 DJ들이었다.

패션과 건축 모두 음악적 섬세함으로 성공

LP벽은 그때 시작됐다. 방송을 잘하려고 공책을 한 권 준비해서 뮤지션과 음반에 대한 정보를 빼곡하게 기록했다. 1973년부터 1981년까지 작성한 공책에는 당시의 열정이 고스란히 담겨있다. 1981년 언론통폐합으로 DJ들이 설 자리가 없어지면서 억지 은퇴를 했지만 음악에 대한 열정은 그대로 가슴에 남아있었다. 의류·건축사업 등을 하면서도 늘 음악을 들었다. LP도 계속 모았다. 국내 음반은 물론 외국 음반도 부지런히 사들였다. 한번은 딸이 유학하고 있던 뉴질랜드를 방문했다가 수백 장의 희귀 외국 음반을 사서 한국에 들어오기도 했다.

"음악을 즐기는 사람은 섬세하기 마련입니다. 패션과 건축도 섬세하지 않으면 잘 못합니다. 그러니 DJ를 그만둔 뒤로도 줄곧 음악에 기대어 살아온 셈이죠."

그렇게 모은 LP판은 2012년 큰 행사에 외출을 했다. 그해 6월 15일부터 9월 말까지 용산의 전쟁기념관에서 열린 '특별기획전 전선야곡'에 '전선야곡' 음반을 비롯해 120장의 전쟁 관련 음반을 전시자료로 내놓았다.

"노래에는 가장 절절한 감정이 담겨있습니다. 역사서를 비롯한 다른 장르에서는 표현하기 힘들죠. 음성에 깃든 정서를 어떻게 온전하게 전달하겠습니까. 가요는 역사의 음성입니다."

조만간 옛 고모역 자리에 들어설 '가요박물관'에도 LP를 보낼 예정이다. 그는 현재 (사)고모령가요박물관 이사장을 맡고 있다. 평생 모은 것인데 아깝지 않느냐는 '얄팍한' 물음에 "가요는 대중에서 나왔으니 다시 대중으로 돌아가는 것이 맞다"는 깊은 대답을 내놓았다.

"가요에는 우리의 역사와 삶이 녹아있습니다. 후손들에게 물려주어 널리 알려야 할 귀중한 문화유산이죠. 우리 선배들의 삶과 정서가 녹아있는 가요를 후손들에게 전하는 데 일조했으면 하는 바람입니다."

그의 사무실 혹은 LP박물관은 남진을 비롯해 수많은 가수들이 다녀갔다. 으레 하는 말은 "나보다 내 자료가 더 많네!"

어떤 가수들은 수시로 전화를 걸어와 "00년도에 나온 0집 음반 사진 찍어서 카톡으로 보내달라."는 부탁을 심심찮게 한다.

가수는 물론 가요를 즐기는 사람들에겐 보물창고나 다름없다. *

6

두 남자의 죽음,
두 시대의 슬픔을 껴안다

방천시장
(대구 중구 대봉동)

'일어나' & '파이팅'

두 남자의 죽음,
두 시대의 슬픔을 껴안다

일어나 일어나 다시 한번 해보는 거야

일어나 일어나 봄의 새싹들처럼

일어나 일어나 다시 한번 해보는 거야

일어나 일어나 봄의 새싹들처럼

– '일어나' 후렴구
김광석 작사·작곡·노래 / 1994년 발표

Fighting! Fighting! My life is beautiful life

Fighting! Fighting! 아름다운 나의 인생

– '파이팅' 후렴구
채환 작사·작곡·노래 / 2005년 발표

김광석 / 1994년 6월 / 킹레코드 / 4집 '일어나' 수록.

두 남자의 죽음, 두 시대의 슬픔

1982년 11월 14일, 한 사내가 링에서 쓰러졌다. 그는 한국에서 미국으로 원정 경기를 온 사내였다. 애당초 상대 선수가 한수 위라고 평가됐지만 그는 "세상에 팔이 세 개인 사람은 없다. 열심히 싸우면 이긴다."는 신념으로 대결을 피하지 않았다. 정신력으로 버텼다. 14회까지.

14회 공이 울리고 정확히 19초 뒤, 미국 선수를 응원하던 미국인들이 일제히 환호했다. 사내가 쓰러졌다. 심판이 카운트를 셌다. 사내는 겨우 몸을 일으켰지만 심판의 카운트는 이미 끝난 뒤였다. 그는 정신을 잃었다. 그리고 4일 후 사망했다.

이국의 링에서 생을 마감한 권투선수 김득구(1955~1982). 목숨을 포기할 정도로 매달렸던 승리는, 권투는 그에게 무엇이었을까.

"저는 권투를 했기 때문에 새사람이 된 것입니다. 저는 제 자신과의 싸움에서 이긴 것입니다."

'깡촌'에서 태어난 그는 어린 시절 부모님의 이혼을 경험한다. 열네 살에 가출한 그는 서울로 올라와 구두닦이, 버스 행상을 하며 하루하루 살아가다 권투에 입문했다. 그에겐 권투가 밥이고, 돈이고 또 삶이었다. 동양챔피언에 오른 후 그는 말했다. 권투 때문에 새사람이 되었다고.

그에게서 승리를 빼앗는 것은 단순히 게임에서 한 번 이기는 것과 다른 의미였다. 밥과, 돈, 사람다운 대접 그리고 삶 자체를 송두리째 위협하는 것이나 다름없었다.

김득구의 죽음을 두고 미국에서는 '권투는 위험한 운동'이라는 여론이

방천시장 거리에 걸린 김광석의 사진과 김영아.

일었다. 경기 시간을 15라운드에서 12라운드로 줄였고, 여러 가지 안전장치를 마련했다. 그러나 이런 논의는 근본적인 부분을 비껴가는 느낌이다. 무슨 운동이든, 심지어 달리기도 무리하면 심장마비가 온다. 권투가 문제가 아니었다.

김득구는 그 시대의 전형 같은 인물이었다. 가난, 가출, 허기, 슬픔, 설움, 거기서 벗어나려는 죽음보다 강한 의지. 1960년대와 1970년대, 이러한 것들로부터 멀찍이 떨어져 있었던 사람이 몇이나 되었을까. 그는 권투가 위험해서가 아니라 위험한 세대에 뿌리를 박고 정신을 키웠기 때문에 죽음을 향해 뛰어든 것이었다. 그에게는 죽음보다 더 두려운 무언가가 있었다. 진정으로 위험한 것은 그 두려움이었다.

참조할 만한 증언이 있다. 한국에서 의료선교 활동을 한 폴 크레인(한국 명 구바울, 1919~2005)은 1960년대 우리나라의 사회적 모순이 경제적 빈곤에서 비롯되었다고 봤다. 빈곤을 구체적으로 말하자면 '높은 실업률'이 있다.

"많은 회사들이 10대 소녀들을 주 노동자원으로 쓰고 있는데…… 기꺼이 저임금으로 일하려 한다."

취직이 어렵다 보니 '어떤 조건'을 내걸더라도 군말 없이 취직을 했다는 뜻이다. 저렴한 노동임금의 덕을 본 이들은 두 부류였다. 첫째는 성과에 혈안이 된 경제부처 공무원들, 두 번째는 중간 상인들이었다. 그들은 저임금 착취 공장이 어린 소녀를 흡수한 덕에 큰 이익을 봤다.

더불어 폴 크레인은 "한국은 규정집들 속에 더 산업화한 나라들에게서 본뜬 많은 표준법령과 사업규정들이 있지만, 이 법들은 거의 집행되지 않고 있다."고 말했다.

1980년대는 법을 제대로 지키지 않아도 생존에 도움이 된다면 기꺼이 모른 체하는 사회를 겨우 빠져나온 즈음이었다. 사람들은 최선을 다하는 모습만으로 만족할 수 없었다. 그 무렵 '권투' 하면 떠오르는 단어는 스포츠맨십이 아니라 헝그리 정신이었다. 가난에서 피어난 악착같은 정신으로 땀이 다 흘러 피가 배어나올 때까지 싸워야 하는 것이 그 시대의 '기본'이었다. 권투선수만 그랬을까. 온 국민이 하루하루 아등바등 살아가던 시절이었다. 그 누가 링에 선다 하더라도, 목숨을 걸고 이기려고 애를 썼을 것이다. 헝그리 정신은 그 시대의 정신이었다.

김득구가 죽은 지 14년이 흐른 뒤, 또 다른 사내 하나가 죽음의 길을 떠났다. 김광석이었다.

아니, 정신이라기보다는 '깡'이었다.

2014년 브라질월드컵에서 우리 응원팀이 내건 구호는 '즐기자'였다. 문화, 창조, 행복이 이 시대가 내건 화두다. 생존의 시대를 살았던 이들에겐 얼마나 '먼 나라' 이야기일까.

생존의 시대가 지나고 경쟁과 욕망의 시대로

김득구가 죽은 지 14년이 흐른 뒤, 또 다른 사내 하나가 죽었다. 김득구가 스스로를 죽음으로 내몬 치열한 삶을 살았다면, 이 사람은 말 그대로 스스로를 죽였다.

김광석(1964~1996).

1996년 1월 6일, 슬픈 노래든 기쁜 노래든 비슷한 톤으로 읊조리던 이 가수는 아무도 예상하지 못한 죽음을 맞이했다.

1982년과 1996년, 14년 남짓 차이가 나지만 두 사람의 죽음은 내용에서도 많이 달랐다. 이를테면, 김득구는 생존의 시대를, 김광석은 경쟁의 시대를 살았다.

1980~1990년대는 서로를 이해할 수 없는 시대였다. 아버지 세대는 배를 곯았다. 1980년대에 들어서 아버지들은 못 먹던 시절의 이야기를 했고, 지청구가 끝나면 "공부 말고 힘든 게 뭐 있어!"였다. 힘든 건 많았다. 아직 골목 친구도 있고, 학교에서도 왕따 같은 말이 횡행하지 않은 즈음이었지만, 전 세대의 미덕은 조금씩 사라지고 있었다. 소위 유명 학원이 하나둘 속속 등장했고, 아이들은 대학입시에 내몰리기 시작했다. 이전에도 입시경쟁이 있었지만 1980년대에 살림살이가 나아지고 자녀 수가 줄면서 거의 모든 학생들이 고학력 경쟁에 뛰어들기 시작했다. 경쟁이 가열화하기 시작한 것이다.

오죽했으면 공부하라고 독려하는 노래가 나왔을까.

턱 고이고 앉아 무얼 생각하고 있니
빨간 옷에 청바지 입고 산에 갈 생각하니~
눈 깜빡이고 앉아 무얼 생각하고 있니
하얀 신발 챙모자 쓰고 바다 갈 생각하니~
안 돼 안 돼 그러면 안 돼 안 돼 그러면
낼 모레면 시험 기간이야 그러면 안 돼
선생님의 화난 얼굴이 무섭지도 않니

윤시내
–
1987년 5월
지구
그녀의 5집 앨범이다.

네 눈 앞에 노트가 있잖니 열심히 공부하세

– '공부합시다'
이성하 작사 / 이범희 작곡 / 윤시내 노래 / 1983년 발표

윤시내의 외모와 폭발적인 가창력을 생각하면 상당히 위협적으로 들렸을 노래다. 이 노래가 히트를 친 건 그 당시 학생들이 이 노래를 나름대로 현실성 있게 받아들인 때문이 아니었을까.
윤시내의 '공부합시다' 이전에 나온 노래가 있다. '왜 그랬을까'다. 가사는 이렇다.

도서관에 간다고 공원길에서
살금살금 데이트만 하고 와서는

밀린 숙제 못하고 끙끙대더니
그만그만 사르르 잠이 들었네
안 되는 줄 알면서 왜 그랬을까
안 되는 줄 알면서 왜 그랬을까
이제는 후회해도 소용이 없어요

– '왜 그랬을까'
박건호 작사 / 김학송 작곡 / 쿨시스터즈(이길교, 이명교, 이은교) 노래 / 1974년 발표

'왜 그랬을까'는 윤시내의 노래와 비교해보면 비장미가 없다. 이 노래는 이후 광고에서도 많이 패러디됐는데, 대부분 코믹한 내용을 담고 있었다. 두 노래의 분위기 차이는 경쟁에 대한 분위기 차이가 아닐까? 1970년대에도 교육열이 치열했겠지만, 진학보다는 공장에 가는 사람이 많았다. 고학력의 기준이 그리 높지도 않았다. 공부 경쟁이 온 국민의 고민은 아니었다.

사족이지만, 1973년과 1983년 그리고 1997년의 고등학교 졸업생 수를 비교해보자. 각각 10만 1,619명, 31만 6,302명, 그리고 39만 7,702명으로 증가되었다. 1973년과 1983년에는 3배 가까이 증가했지만 그 이후 10여 년 동안은 거의 비슷하다. 그런데 대학 경쟁률은 꾸준히 높아졌다. 1973년에는 2만 8,775명이 졸업했지만, 1983년엔 7만 7,272명, 1997년에는 19만 2,465명이 졸업했다. 1973년과 비교해 6.9배였고, 1983년보다 2.5배 증가한 숫자였다.

고학력이 각광받은 것은 경제환경의 변화와 밀접한 연관이 있었다. 1980년대 이후 세계는 첨단산업이 확대되었다. 이는 곧 기술경쟁을 의미했다. 한국

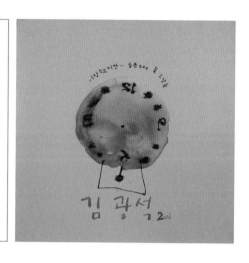

김광석 2집
-
1991년 2월
문화
'사랑했지만' 수록

도 저임금에서 벗어날 채비를 하고 있었다. 대기업들이 종합기술원을 설립했고 독자 브랜드 개발에 나섰다. 그들에게는 '인재'가 필요했다.

왜 세계는 굶주리는가, 냉정한 세상

세상이 그랬다. 무한경쟁으로 돌입하고 있었다. 이 세대를 대표하는 기업인 중에 스티브 잡스가 있다. 그들은 신입사원들에게 제일 먼저 '기웃거리지 말'라고 가르치고 오로지 자기 일에만 죽으라고 매달리게 만든다. 굳이 해석하자면 이는 《피로사회》에서 말하는 '브레인 도핑' 방식에 해당할 것이다. 자기의 에너지를 최대한으로 올리는 자세 말이다. '브레인 도핑' 상태에 빠진 이들은 내가 하는 일, 나 자신의 일 외에는 그 어떤 것에도 신경을 쓰지 않는 상태가 된다.

스티브 잡스 밑에서 일한 애플 직원들이 바로 그러했을 것이다. 그들은 책에서 지적한 대로 스티브 잡스라는 위대한 천재를 따라잡기 위해 머뭇거릴 새도 없이 오로지 성과만을 위해 달려간다. OFF 버튼을 누르거나 엔진이 타버리기 전까지는 잠시도 멈추지 않는 기계나 다름없는 것이다.

사실 그들의 세대는 그런 교육을 받고 자랐다. 그들은 1970년대부터 시작해 1980·1990년대에 절정을 이룬 성과주의와 세계화, 무한경쟁의 세대다. 오로지 성과만을 추구하면서 세상이 반쪽이 나도 모르고 살아온 이들이다. 스티브 잡스 식의 무한성과주의가 먹힌 것은 어쩌면 그런 교육을 받은 세대가 회사에 그득했기 때문인지도 모른다.

세계는 점점 합리적이고 냉정해지고 있었다. 효율과 성과 위주의 사고방식이 주류를 이루었다. 모든 것을 돈으로 환산해서 사고했다.

학교와 회사 혹은 시장에서의 경쟁이 혹독할 수밖에 없는 이유가 있었다. 그 이면에 깔린 사고방식은 '어마무시하게' 차가웠다.

1980년대에 눈에 띄는 통계 하나가 나왔다. 1984년 유엔식량농업기구(FAO)는 당시 농업생산력을 기준으로 계산해봤을 때 매년 120억 명이 든든하게 먹을 수 있는 곡식이 생산된다고 발표했다. 그런데 왜 세계는 (지금까지도) 굶주리는 사람이 넘쳐날까.

그것은 주류 국가 시민들의 뇌리에 깔린 사고방식 때문이다. 대표적인 것이 '자연도태설'이다. 이 이론은 자연이 기아를 통해 인구를 조절한다는 것인데, 사람들이 굶어죽는 것이 자연스러운 일이라는 뜻이다.

'자연도태설'을 고안한 사람은 영국인 맬서스였다. 그는 1798년에 인구법칙

김광석 길을 찾은 학생들. 이들은 그의 노래와 사진을 보면서 무슨 생각을 할까.

에 대한 논물을 발표하면서 부족한 식량을 대비해 산아제안을 하고 가난한 사람들에 대한 사회보조와 지원을 중단해야 한다고 주장했다. 질병과 기아가 사회에 꼭 필요한 기능이기 때문이라는 거였다. 지구상의 인구를 줄여주니 말이다.

그의 책은 유럽의 지배층과 산업화 초기의 국민경제학자들에게 널리 읽혔다. 일종의 신경안정제 같은 역할을 했다. 그건 지금도 마찬가지다. 그들이 세상에서 거의 제도처럼 굳어버린 빈곤과 차별에 무심할 수 있는 이유다.

효율의 극대화를 추구했던 인물을 과거에서 찾으라면 히틀러를 꼽을 수 있다. 독일은 여러 면에서 '경쟁 선진국'이었다. 그들은 근대학교를 발명했고 우리 귀에 익숙한 '선행학습'을 제일 먼저 시작한 나라였다.

독일 교육은 프러시아군이 예나전투에서 나폴레옹 부대에 패한 1806년에 '급변'했다. 그해에 독일 철학자 피히테가 '독일 국민에게 고함'이라는 글을 발표했다. 그는 이 글 안에 교육적 이상도 포함시켰다. 그의 생각을 바탕으로 1819년 중앙집권화한 학교에서 의무교육이 실시되었다. 교육의 목표는 뚜렷했다. 그들이 키우고자 한 인재는 명령에 복종하는 군인, 고분고분한 광산 노동자, 정부 지침에 순종하는 공무원, 기업이 요구하는 대로 일하는 사무원, 중요한 문제에 대해 비슷하게 생각하는 시민들 등이었다. 그들은 개성과 창의성을 죽이고 효율성에 모든 에너지를 쏟는 집단을 만든 것이다.

교육은 주입과 암기, 점수와 등수 외에 개인의 개성이나 스타일은 돌보지 못하는 '빨리빨리' 스타일이었다.

히틀러는 이러한 '인재'를 바탕으로 자신의 정책을 마음껏 펼쳤다. 일단 그는 경제와 군사 부문에서의 '기적'으로 국민을 매료시켰다. 그가 집권한 3년 사이 600만의 실업을 해결했고, 5년 만에 독일을 군사 강국에 등극시켰다. 이 이면에는 '강제수용소'가 있었지만 당장의 성과 앞에 그런 '그늘'을 주목한 사람은 거의 없었다.

히틀러의 효율주의는 전쟁 중에 극단에 이르렀다. 우리는 그가 유대인만 학살했다고 생각하지만 사실은 달랐다.

"동부지역의 가스공장 학살 계획이 히틀러의 안락사 계획에서 싹텄다는 점을 의심할 여지없는 수많은 자료를 증거로⋯⋯"

– 《예루살렘의 아이히만》 p176 / 한나 아렌트 / 한길사

김광석 다시부르기
-
1993년 3월
킹레코드

안락사의 대상은 자국 내 정신병자들이었다. 유대인이 끼어드는 바람에 조금 혼란스럽게 되었지만, '안락사'의 진짜 목표는 비능률적인 인간들을 쓸어버리는 것이었다. 그것이 가장 극명하게 드러난 사례는 바로 독일 부상병 처리였다.

"1942년 1월 이후 동부에서는 '얼음과 눈 속에서 부상자들을 돕는' 안락사 팀이 활동하고 있었다. 그리고 부상병들을 죽이는 것도 '일급비밀'이었지만……."

  – 《예루살렘의 아이히만》 p178 / 한나 아렌트 / 한길사

독일인들은 유대인 살해와 자국민에 대한 안락사를 일급비밀로 유지했다. 알 만한 사람은 다 알았지만 모르는 사람은 통 몰랐다.

이후 독일은 교육도 바꾸었다. 경쟁이 아닌 낙오자를 없애는 교육으로 전환한 것이었다. 하지만 오늘날 독일에서는 더 이상 선행학습이나 경쟁을 위한 경쟁은 없다. 그들에게 필요한 것은 조화롭게 살아가는 방법이다. 그리고 독일은 유럽을 리드하는 국가가 되었다. 그들이 경쟁만을 추구했다면, 지금도 롤러코스터를 계속하고 있을 것이다.

효율의 경제는 세상과 사람 사이를 멀어지게 만든다. 그것은 물질적 풍요로는 도저히 해결할 수 없는 문제다.

풍요의 증거에 도취된 시대, 억눌린 슬픔

1980년대, 우리는 풍요에 도취되었다.

그 시대를 대표하는 사건과 용어는 '88올림픽'과 '한강의 기적'이었다. 올림픽은 한국이 전쟁의 폐허에서 완전히 일어섰다는 것을 증명했고, 이를 수식하는 찬사가 '한강의 기적'이었다.

이를 그대로 흡수한 가요 흐름도 있었다. 이즈음 등장한 가요 용어 중에 '발라드'가 있다. 발라드는 (대중음악에서) '사랑을 주제로 한 감상적인 노래'로 정의된다. 대부분 밝고 경쾌했다. 경제성장과 물질적 풍요 덕분이었다. 대학에 가기까지는 힘들었지만 일단 대학에 진학하고 나면 1~2년만 준비해도 대기업 입사 시험에 척척 합격했다. 이는 젊은 층이 골몰하기 마련인 연애와 결혼에 있어서 돈과 배경이라는 요소의 비중을 축소시켰다. '취직하면 결혼, 실직하면 이별'이라는 공식이 일반화한 요즘 젊은 세대와는 전혀 달랐다. '로맨틱'한 요소가 연애와 결혼에 절대적이었고, 이를 바탕에 둔 노

채환은 김광석을 먼저 떠나보낸 슬픔을 발판 삼아 희망콘서트를 펼치고 있다.

래가 유행할 수밖에 없었을 것이다.

　김광석은 이런 흐름에 온전히 합류할 수 없었다. 그는 확실히 방송에 자주 얼굴을 내미는 가수들과는 달랐다. '주류'가 아니었다. 어쩌면 그렇기 때문에 평범한 사람들을 사로잡았던 것이리라.

　그는 보통 사람처럼 세상에 범람하는 풍요에 온전히 만족할 수 없었을 것이다. 그의 데뷔만 봐도 알 수 있다. 그는 1984년 '노래를 찾는 사람들' 1집에 참여하면서 가수로 이름을 알렸다. 이른바 '노찾사'는 민중가요에 뿌리를 내리고 있는 이들이었다. 물질적 풍요를 노래하던 발라드 스타일은 이들에게 체질적으로 맞지 않았다.

생각건대 그는 풍요의 시대에 허기를 느낀 사람이었다. 그 풍요를 얻기 위해 우리가 무엇을 버렸는지, 얼마나 많은 것들이 무너지고 사라져갔는지, 사람들이 어떻게 변해왔는지를 잘 알고 있었다. 그는 변방의 삶들을 온전히 품으려 했고, 번듯한 삶들이 외면하는 비주류들에 관심을 가졌다. 경제개발 시기의 그늘을 주목하면서 성과주의와 무한으로 치닫는 경쟁에 몸서리를 쳤을지도 모른다.

그는 사랑 노래만 부르고 있을 수 없었다. 풍요를 만끽하는 삶을 노래할 수도 없었다.

그의 노래는 다분히 반항적이었다. 투쟁으로 일관했다는 뜻이 아니다. 세태의 우물을 벗어나 삶 전체를 품으려고 노력했다. '이등병의 편지'와 '어느 60대 노부부의 이야기'에 이르기까지 그의 노래에는 삶의 구체적인 국면들이 고스란히 담겨있다.

그가 이야기하고 싶었던 말은 어쩌면 "삶이란 당신들이 주장하는 것처럼 단순한 것이 아니다. 살림살이가 조금 나아졌다고 세상 모든 문제가 해결된 것처럼 굴지 마라. 올림픽 한 번에 우리가 가진 모든 문제가 해결된 것처럼 착각하지 마라." 하는 것이었을지도 모른다. 혹은 삶을 전체적으로 조망해서 우리는 여전히 생존만큼이나 심각한 문제들에 시달리고 있다는 이야기를 하

'김광석 앓이'를 하던 초등학생 채환은 어느덧 그의 뒤를 이어 '가수'의 길을 걷고 있다.

고 싶었던 건 아닐까.

'60대 노부부의 이야기'는 연애나 부를 칭송하는 노래와는 멀찍하게 떨어져 있었다. 하고 보면 그의 노래는 몸부림이었다. 온전한 정신과 마음을 가지고 살아가려는 몸부림.

"어떻게 하면 형처럼 노래 잘할 수 있어요?"

그 시절(1980년대) 경북 청도에서 대구로 이사를 온 초등학생이 있었다. 부모님은 모두 청도에 있고, 혼자 자취생활을 시작했다. 초등학생이 혼자 자취를 한다는 것이 지금으로선 이해가 안 되지만 "집안에 공무원 하나는 나와야 한다."는 부모님의 강력한 의지가 소년을 물설고 낯선 도회로 내몰았다.

조그만 자취방에는 텔레비전이 없었다. 친구라고는 라디오 하나가 전부였다. 그는 학교에만 다녀오면 라디오를 켰다. 혼자서 울기도 많이 울었다. 그러다 김광석을 만났다. '노래를 찾는 사람들' 1집이었다. 그때 들었던 노래가 '광야에서'와 '솔아 솔아 푸르른 솔아'였다. 왜 그렇게 노래에 빠져들었을까. 부모 형제, 죽마고우들과 헤어져 도회에서 혼자 살고 있는 자신의 처지가 광야에 있는 것처럼 느껴진 때문이었을까. 이제는 장성해 가수가 된 소년은 당시를 이렇게 고백했다.

"너무 좋더라고요. 그때 제 꿈이 정해졌죠. 가수요. 부모님은 자취방에 올 때마다 공무원, 공무원 노래를 불렀지만 제 마음속에는 김광석밖에 없었어요."

기타를 사서 혼자 익혔다. 가르칠 사람도, 배울 돈도 없었다. 그렇게 '김광석 앓이'가 점점 더 깊어갔고, 소년은 어른이 되어갔다.

"광석이형 노래엔 삶이 온전하게 담겨있어요. 형의 노래로 내 삶을 이야기할 수 있을 정도니까요."

2014년, 채환은 김광석 거리가 있는 방천시장에서 매주 공연을 하고 있다. 김광석의 '서른 즈음에'를 패러디한 '마흔 즈음에'란 간판을 내걸었다. 콘서트는 이야기극이다. 우리네 판소리처럼 이야기와 노래를 적절하게 버무렸다. 자신의 이야기와 김광석의 노래가 절묘하게 버무려진다고 했다.

"처음 대구에 올 때 어머니와 남부정류장에서 헤어졌어요. 어머니는 버스에 타기 전, 홀쩍이던 저에게 그러시더군요. '이해해라.' 전혀 이해할 수 없었죠. 엄마도 없고 친구도 없는 곳에서 왜 혼자 살아가야 하는지. 꼬맹이가 어

채환이 김광석의 '서른 즈음에'를 패러디한 '마흔 즈음에'란 간판으로 공연 중인 콘서트.

떻게 이해할 수 있었겠어요."

　오랜 시간이 흐른 뒤에야 겨우 이해를 했다. 가난이 무엇인지, 세상이 어떻게 돌아가는지 조금씩 알게 되었을 즈음이었다. 그때 김광석이 그에게 말을 걸어왔다.

　난 아직 그대를 이해하지 못하기에

　그대 마음에 이르는 그 길을 찾고 있어

　그대의 슬픈 마음을 환히 비춰줄 수 있는

　변하지 않을 사랑이 되는 길을 찾고 있어

　어디서 찾을 수 있을까 그대 마음에 다다르는 길

　찾을 수 있을까 언제나 멀리 있는 그대

기다려줘 기다려줘

내가 그대를 이해할 수 있을 때까지

– '기다려줘'
  김창기 작사·작곡 / 김광석 노래 / 1989년 발표

오랜 시간이 흐른 뒤 어머니와 화해했다. 사람 사이의 이해라는 것에는 긴 시간이 필요하다는 것, 기다림이 필요하다는 것을 '소년'은 노래로 깨달은 셈이다.

채환은 꼭 한 번 김광석을 찾아간 적이 있었다. 1993년, 입대를 얼마 안 남긴 즈음이었다.

대학로 공연이 끝난 뒤 뒤풀이를 하러 가는 김광석의 뒤를 조심스럽게 밟았다. 모자를 푹 눌러쓰고. 김광석과 일행은 대학로 뒷골목의 작은 술집으로 들어갔다. 밖에서 기다리다가 사람들이 자리를 잡고 앉을 즈음 안으로 들어갔다. 제일 상석에 앉은 김광석에게 다가가 자기소개를 한 뒤 대뜸 이렇게 물었다.

"어떻게 하면 형처럼 노래를 잘할 수 있습니까?"

같은 자리에 앉았던 스태프들이 일시에 모자를 눌러쓰고 들어온, 뺨이 붉은 청년을 주목했다. 김광석은 말이 없었다. 침묵을 견디기 힘들어 밖으로 몸을 돌려 후닥닥 뛰어나왔다. 허겁지겁 신발을 신는데 누군가 방에서 쫓아나와 그의 어깨를 잡았다. 김광석이었다.

채환의 공연을 보러 온 팬들.

"여기까지 나를 찾아온 그 마음으로 진정성 있게 노래해라. 가슴으로 노래해라."

김광석이 그의 어깨를 한 번 더 잡은 적이 있었다. 1996년이었다.

그해 1월 김광석이 자살했다. 채환은 그즈음 제대를 했다. 날개가 꺾인 기분이었다. 언젠가 김광석과 한 무대에서 노래를 부를 거란 희망도 물거품이 되었다.

그는 기타를 팔아버리고 방천시장에서 과일장사를 했다. 공무원이 될 희망은 애당초 날아갔고, 가수의 꿈도 포기한 그가 할 수 있는 일은 없었다. 처음부터 다시 시작이었다. 그냥 놀고 지낼 순 없었다. 마음이 가는 대로 잡은 일거리가 과일 노점이었다. 그때 김광석이 찾아왔다.

"꿈에 광석이 형이 나타났어요. 1993년 술집에서 들었던 그 이야기를 해주시더라고요. 제 어깨를 잡고서요."

1년 남짓한 방황을 접고 다시 기타를 잡았다.

그러나 예진처럼 김광석을 그대로 따를 수는 없었다. 김광석은 스스로 날개를 접었다. 그가 절망을 권한 적은 없지만 자기 앞의 절망을 온전히 극복하진 못했다.

"어쩌면 형이 못다 한 일을 저더러 하라는 뜻이 아닐까, 하는 생각이 들었어요. 다시 일어나야겠다고 생각했죠."

'일어나 일어나 다시 한번 해보는 거야
일어나 일어나 봄의 새싹들처럼'

김광석이 작사·작곡한 '일어나'의 일부다. 어쩌면 이것은 자기 자신에게 했던 말인지도 모른다. 김광석은 결국 일어나지 못했지만, 채환은 주저앉은 자리에서 일어섰다. 그가 그토록 사랑하던 김광석의 외침에 번쩍 정신을 차렸던 것이다.

네 번의 눈물과 열 번의 웃음에서 발견한 희망

그의 콘서트 앞에는 '희파'라는 수식어가 붙는다. 희망을 판다는 뜻이다.

"1998년부터 '희파 콘서트'를 시작했어요. 찾아가는 콘서트예요. 산골 학교, 호스피스 병동, 노숙자 등 공연을 접하기 어려운 분들을 찾아가 노래를 불렀

채환의 공연 모습.

죠. 벌써 1,000회를 넘었습니다."

처음엔 혼자였지만 지금은 팬클럽이 항상 같이 간다. 공연과 함께 간식을 비롯한 다양한 방법으로 사회에 기부를 한다. 벌써 5년 넘게 함께 다닌 이들도 있다. 이들 모두 가족이나 마찬가지다. 농담 삼아 '희파 가족공연단'이라고 부르는 이들도 있다.

방천시장 내 공연장에서 정기공연을 시작한 것은 2014년 3월부터다. 그가가는 것이 아니라 관객이 찾아오는 공연이지만 '희파'의 연장선상에 있는 공연이다. 2시간 공연 내내 삶과 희망을 노래한다.

"가족들이 그래요, 네 번의 눈물과 열 번의 웃음이 있는 콘서트라고. 눈물보다는 웃음이 더 많죠. 제 공연에서 누구라도 희망을 찾아가길 바라는 마음입니다."

김광석은 어땠을까. 평소에는 잘 웃는 사람이었다지만 우리의 뇌리에는 우울한 표정으로 남아있다. 김광석이 공연에서 그토록 말을 많이 한 것도 어쩌면 그 우울을 나누고 싶어서가 아니었을까. 어쩌면 그는 공연을 보여준 것이 아니라 매일 관객들에게 마음의 손을 내밀었던 것인지도 모른다.

"관계가 다 단절돼 있어요. 자살의 첫 번째 원인은 관계의 단절이거든요. 누군가 잡아줘야 하는데, 그러지 못하는 거죠. 광석이 형도……"

그가 왜 그토록 서둘러 생을 마감했는지 정확한 이야기는 없다. 심지어 타살이라고 의심하고 있는 사람도 있다. 역설적으로 '아무도 이유를 모른다'는 것 자체가 가장 확실한 자살의 원인이 아닐까.

검은 밤의 가운데 서 있어
한치 앞도 보이질 않아
어디로 가야 하나 어디에 있을까
둘러봐도 소용없었지
인생이란 강물 위를 뜻 없이 부초처럼 떠다니다가
어느 고요한 호숫가에 닿으면 물과 함께 썩어가겠지

– '일어나'
　김광석 작사·작곡·노래 / 1994년 발표

아무도 그를 잘 알지 못했다. 그는 사람들 사이를 '부초처럼' 떠다녔다. 그렇게 유명하고 사람 좋아했던 그에게서 어떤 징후나 암시를 잡아낸 이들이

방천시장 김광석 거리. 김광석은 늘 사람들 사이를 '부초'처럼 떠다녔다.

없다. 그가 죽음 즈음에 살아내었을 삶은, 조각을 너무 많이 잃어버린 퍼즐과 같았다. 아무도 정확한 그림을 그려내지 못한다.

그건 우리의 모습과 같다. 우리가 잃어버린 것이 바로 '관계'다. 일제강점기를 거치면서 전통의 맥을 끊으려는 무수한 시도에 시달렸고, 이후 시작된 경제개발과 산업화는 전통적인 인간관계와 가족 간의 끈끈한 정을 약화시켰다.

물질이 풍요로워지는 것에 도취돼 약자에 대한 배려도 점점 약해졌다. 이웃집에 숟가락이 몇 개인지까지 알던 시절은 점점 옛이야기가 되어갔다. 그 사이 우리는 서로를 모르고 살았다. 세상이 원하는 비슷한 무늬를 갖추고 그 안으로 스며들기만 연습했을 뿐, 개인과 개인의 만남은 점점 소원해졌다. 군중 속에서 군중의 일부로 살아가는 삶은 결국 홀로 살아가는 것이나 다름

없다. 아무도 모르게 죽어가는 사람이 얼마나 많은가.

삶은 원래 음악처럼, 노래처럼 각각의 음들이 적절하고 명확한 조합으로 음률과 곡조로 탄생하는 조화로운 것이었다. 지금은 오선지에서 벗어난 음들이 왜 그리 많은지, 올챙이처럼 음이 한곳에 집중적으로 몰리는 모습은 얼마나 자주 연출하는지. 음이 한곳에 몰려있으면 그것은 음악이 아니라 굉음이 된다.

개성적이지도 그렇다고 조화롭지도 못한 어정쩡한 삶이 우리 앞에 펼쳐진 생이다. 요컨대, 관계가 실종됐다.

"제 공연의 마지막은 옆에 있는 사람과 손을 잡는 거예요. 가족, 친구, 연인. 손으로 전해지는 따뜻한 체온을 느끼는 것이 제 공연의 클라이맥스입니다."

채환은 그때마다 김광석의 손을 잡는다고 했다.

"저는 광석이 형이 영원히 우리 곁에 있을 줄 알았어요. 저는 지금 제 옆에 있는 한 사람을 지키는 일이 희망의 시작이라고 생각해요. '희파'에서 결국 하고 싶은 말이 그거예요. 내 옆에 있는 사람이 희망이다."

그는 김광석이 살아보지 못한 마흔 즈음을 살고 있다. 예전에는 김광석을 따랐지만 이제는 그를 업고 간다. 그가 '한치 앞도 보이지 않는' 어둠 속에서 끊임없이 찾았을 삶과 희망의 끈을 대신 부여잡고 꾸역꾸역 앞으로 나아가고 있다.

"공연이 끝나고 중년의 여자분이 찾아왔어요. 그 옆에는 초등학교 5학년

방천시장. 채환은 이 거리에서 김광석이 살아보지 못한 마흔 즈음을 살고 있다.

아들이 서 있었어요. 그 어머니가 그러더라고요. 아이가 '죽고 싶다'는 말을
자주 했는데, 제 공연을 보고 나서 이젠 괜찮아졌다고요. 그것이 제가 노래
하는 이유입니다."

　어머니와 아이는 채환의 '가족'이 되었다. 희파 콘서트를 할 때마다 짐을 꾸
리고 '자봉'(자원봉사의 줄임말)에 나선다.

　"아이가 정말 즐거워해요. 저 아이 하나가 제 모든 것입니다. 저의 희망
이죠."

　문득, 이야기로 자리를 펴고 노래를 곁들이는 방식이나 '네 번의 눈물과 열
번의 웃음'으로 채우는 내용이 우리네 전통적인 공연 양식, 특히 판소리를 닮
았다는 생각이 들었다.

그중에서도 채환의 공연은 '심청전'의 공식을 충실하게 따르는 느낌이다. '심청전'은 처량하다. 〈자유종〉을 쓴 이해조는 '심청가'를 '처량 교과서'라고 했다. ·(참고로 춘향전은 '음탕 교과서'라는 오명을 뒤집어쓰기도 했다.)

이해조의 밀대로 심청전은 처량하다. 가난과 죽음, 징애, 거의 모든 재난이 이 가족에 닥친다. 심청이가 공양미 300석에 끌려가면서 비극은 본격화한다.

"아이고, 내 딸 심청아, 인간 부모를 잘못 만나 생죽음을 당하였구나. 네 애비를 생각커든 나를 어서 다려가거라. 살기도 나는 귀찮허고 눈뜨기도 내사 싫다."

이때부터 심 봉사가 다시 눈을 뜨기까지 먼 고난의 여정이 시작된다. 눈물 범벅 속에 웃음이 하나씩 등장하기 시작한다. 혼자 사는 사정을 딱하게 여겨서 중매를 서준 동네 사람들, 황성으로 갈 때 옷을 선물한 태수, 끼니를 제공한 방아 찧는 아낙 등 다양한 도움의 손길을 만난다.

이런저런 관심 덕분이었을까. 심 봉사는 처자식 죽고 새로 얻은 마누라까지 도망간 처지였지만, 방아를 찧을 땐 여인들에 둘러싸여 흥이 났던지 농담도 늘어놓는다.

"옆에서 찧는 부인, 궁둥이도 너부등허구나(넓적하구나)."

"저기 저 부인 넓적다리는 일상(늘) 보아도 힘이 세구나."

같이 일하던 아낙들은 자지러졌을 것이다. 맹인 눈에 너부등한 엉덩이와 넓적다리가 보일 리 없다. 순전히 웃자고 하는 이야기다.

심 봉사와 방아 찧는 여인들이 자아내는 '흥'에서 우리네 심성을 읽는다.

저 낙서를 남긴 이들은 '어느 60대 노부부의 이야기'를 알고 있을까?

마누라 죽고 딸을 잃어도 끝끝내 살아남은 심 봉사처럼 조선시대 우리 백성 대부분이 왜란과 호란에 가족을 잃었지만 이웃들과 상처를 보듬고 마음을 나누며 일상으로 돌아왔다.

우리네 '흥'은 치기 어린 웃음이 아니다. 심 봉사처럼 세상 물정 다 알고, 겪을 것 다 겪은 다음에 일어나는 것이다. 개똥밭에서 굴러도 이승이 낫다고 했다. 이왕에 굴러야 할 개똥밭이라면 웃으면서 구르겠다는 것이 '심 봉사 정신'이다.

우리는 1960년대의 가난과 생존, 1970년대의 산업화, 그리고 1980년대 이후의 무한경쟁 세상을 살아냈다. 어린 딸을 공장에 보내고, 아들들은 낯선 땅에서 배를 곯아가며 일을 했다. 아이들은 자원 없는 가난한 나라에서 태어난 죄로 성장기에 밤잠도 못 자면서 경쟁에 시달리고 있다. 어깨가 축 처지고 입에서는 짜증 섞인 불평이 나오는 현실이지만 이렇게 주저앉을 수만은 없다. 심 봉사의 뒤를 따라 황성으로 가야 한다. 가는 길에 뺑덕이 도망을 하고, 옷 도둑도 만나겠지만 인심 좋은 태수가 우리 앞을 지나고, 방아 찧는 여인들이 저녁 초대를 하기도 한다.

심청전은 자신뿐 아니라 천하 봉사들이 일제히 눈을 번쩍번쩍 뜨면서 끝이 난다. '네 번의 눈물과 열 번의 웃음' 끝에 결국 세상 모든 봉사들이 함께 밝은 세상을 보게 된 것이다.

세상살이 슬프고 고단하지만, 그래도 웃으면서 이럭저럭 살아내는 심 봉사의 달관과 여유가 우리 마음을 두드린다.

매일 똑같은 뉴스와 재미도 없는 신문
비슷한 얼굴들로만 가득 찬 텔레비전
거리에 많은 사람들 어색한 시선들만
미소도 없는 하루와 노을도 없는 하늘

인생살이 뭐가 그리 복잡한가요
가슴 펴고 소리 높여 함께 웃어요

Fighting! Fighting! My life is beautiful life
Fighting! Fighting! 아름다운 나의 인생
Fighting! Fighting! My life is beautiful life

김광석의 관심은 늘 '비주류'에게로 향해 있었다.

Fighting! Fighting! 아름다운 나의 인생

– '파이팅'
채환 작사·작곡·노래 / 2005년 발표 *

7

돈 돈 돈 돈, 이놈의 돈아!

대구

'흥보가' '강남스타일'

돈 돈 돈 돈,
이놈의 돈아!

"잘난 사람도 못난 돈, 못난 사람도 잘난 돈, 맹상군의 수레바퀴처럼 둥글둥글 생긴 돈, 생살지권을 가진 돈, 부귀공명이 붙은 돈. 이놈의 돈아! 아나, 돈아! 어디 갔다 이제 오느냐? 얼씨구나 절씨구. 돈 돈 돈 돈, 돈 돈 돈 돈 봐라!"

　　　－ '흥보가' 중에서 돈타령

김소희 명창 / 연대미상 / 신세기.

"현재 조선에서 레코드 가수의 태반은 평양 출신이다. 더구나 여류 가수에 있어서 그 경향이 일층 농후하다."

– 〈삼천리〉(1936년 8월호)

우리나라 1세대 가수 대부분은 기생들이었다. 왕수복, 선우일선, 최연연, 김연월, 최창선, 한정옥, 김복희, 최명주가 그들이었다. 이들 모두 레코드사와 전속 계약을 맺은 스타들이었다.

잡지는 가수 숫자로서는 경성이 제일이었지만, '전속 가수'들은 평양을 못 따라잡는다고 평했다. 평양 출신들이 그만큼 실력이 탁월했다는 뜻이었다.

기생들은 신문화뿐 아니라 전통문화에서도 활약이 대단했다. 부지런히 판소리를 배워서 토막소리나마 열창을 했고, 가요의 뿌리로 일컬어지는 잡가에 관해선 기생들이 단연 최고였다. 이들은 방송기생으로 불렸다. 방송기생과 같이 활동했으나 가요 장르를 택했던 이들은 기생가수라고 했다.

"예쁘기만 하면 그게 기생이냐?"

여기서 하나 짚고 넘어가야 할 부분이 있다. '기생'에 대한 편견이다. 우리는 대부분 기생이라고 하면 무엇보다 '미모'가 우선이라고 생각한다. 이는 기생의 정체성을 오해한 까닭이다. 그들은 전통 공연문화의 중요한 창조자이자 계승자였다. 그들은 '얼굴과 몸'으로 먹고사는 이들이 아니었다.

전통적으로 기생에게 '얼굴'은 2차적인 요소였다. 물론 어떤 '양반'들은 2차적인 요소를 더 중요시했겠지만 대부분은 그렇지 않았다. 그들의 기예에 감탄했다. 이런 의식이 드러난 기록이 있다.

"지금의 기생은 제일 첫째 얼굴이 고와야 유명한 기생이 될 수가 있다. 그러므로 머리에는 기름이 흐르고 얼굴에는 분가루가 칠하여져 있다. 몸에는 보기에도 어리는 별별 천으로 몸을 휘감았다."

– 윤백남의 글 / 〈삼천리〉(1935년 10월호)

얼굴로 인기를 얻는 기생을 비판한 글이다. 기생에게 요구되는 것이 외모뿐이었다면 혹은 외모가 가장 우선이었다면 저런 비평은 가당치도 않았을 것이다. 기생의 역할은 분명 눈요기나 다른 어떤 것이 아니었다. 그들은 기본적으로 춤과 노래를 비롯한 다양한 '공연 전문가'들이었다.

박녹주 기념비. 선산에서 태어나 대구·서울 등지에서 명창으로 이름을 떨쳤다.

밤다리

달구벌은
여류 명창의 도시였다

조금 다른 이야기지만 대구에는 '기생'으로 불리던 여류 명창들이 많았다. 한때 대구 권번에서 기생들에게 판소리를 가르치기도 했던 박동진(朴東鎭·1916~2003)은 문예진흥원이 추진한 '원로예술인에게 듣는다'는 시리즈 인터뷰에서 이렇게 증언했다.

"그 이전에 나온 사람들은 김해 김녹주, 부산의 이화중선과 이중선, 이런 분들이 모두 나왔거든요. 그때 전라도가 꼼짝 못했어요."

김녹주(金綠珠·1896~1923)와 이화중선(李花仲仙·1898~1943) 모두 구한말에 태어나 일제강점기를 살다 간 명창들이었다. 일제강점기까지는 '판소리=전라도'라는 등식을 성립시키기 어려웠다는 뜻이다.

1920년대에서 1940년대까지 대구 권번을 중심으로 영남의 여류 명창들이 전국을 주름잡았다. 대표적인 인물만 꼽아도 대구 출신 김추월(金秋月·1896~1933), 이옥화(李玉花·1898~?), 김초향(金楚香·1900~1983), 김소향(金小香·1911~1933), 신금홍(申錦紅·1906~1942), 박초향(朴楚香·1923~1964)을 비롯해 칠곡 출신 박귀희(朴貴嬉·1921~1993), 김해 출신 김녹주(金綠珠·1897~1932), 부산 출신 이화중선(李花中仙·1898~1943), 함양 출신 권금주(權錦珠·1903~1971), 오비취(吳翡翠·1918~1982), 합천(혹은 경주, 포항) 출신 이소향(李素香·1905~1989), 거창 출신 신숙(愼淑·1916~1982), 성주 출신 임소향(林素香·1918~?) 등이 레코드 제작과 공연으로 전국적인 명성을 얻었다.

이들의 소리 속에 담긴 시대성과 민중의식은 자연스럽게 가요에 흘러들었다고 보아야 한다. 가요가 태동하던 시기, 이들은 대중 스타로 활발하게 활동하고 있었고, 이들의 활약은 알게 모르게 가요에도 큰 영향을 미쳤을 것이다. *

우리 가요의 '의식', 뿌리는 판소리에

기생은 우리 문화가 근대로 들어설 때 하나의 병목 역할을 했다. 전통과 새로운 소리들을 함께 전달했다. 자기들끼리는 반목이 있었을 수도 있겠지만 기생이라는 집단 속에 가요와 전통 성악이 사이좋게 어울리면서 서로에게 영향을 주었던 셈이다. 우리 대중문화는 그렇게 발전해왔다.

판소리는 우리 공연문화와 가요를 이야기할 때 빼놓을 수 없는 장르다. 소리꾼의 공연은 물론이고 관람객의 반응까지, 어느 것 하나 우리나라 사람들의 특징이 드러나지 않은 구석이 없다.

그중에서 가장 중요한 것이 시대성이다. 판소리는 그 시대를 반영할 뿐 아니라 시대에 대한 통찰과 날카로운 비판까지 고스란히 담겨있다. 판소리를 자세하게 들여다보면 우리 민족이 걸어온 길, 삶이나 사회에 대한 생각을 읽을 수 있다.

사실, 판소리의 생명력은 사실성과 시의성에 있었다. 인간군상의 적나라한 면면을 보여주면서 동시에 그 시대가 안고 있는 고민을 가장 여실하게 드러냈다.

이를테면 '흥보가'는 돈의 유통과 함께 조선을 엄습한 황금만능주의에 대한 비판을, '춘향전'은 신분에 대한 불만을 담고 있었다. 춘향과 심청, 흥보의 이야기를 들으며 사람들은 당대의 기쁨과 슬픔을 온 마음으로 느꼈을 것이다. 명창은 결코 시대에 무감하게 옛날이야기나 붙들고 사는 사람들이 아니었다.

전라도 광주가 배출한 박창섭(1857~1908)이 예가 될 만하다. 그는 박유전에

진주성 아래 있는 의암. 논개가 왜장을 껴안고 순국한 곳이다. 당시 기생은 얼굴과 몸으로 먹고사는 존재
가 아니었다.

게 소리를 배웠다. 전국적인 명창으로 명성을 얻은 뒤, 1904년 서울에 올라온
그는 고종의 총애를 받아 광무 7년에 참봉 직계를 받았다.

한창 잘나갈 때 큰 사건이 벌어졌다. 1907년, 고종 폐위 사건이 그것이다.

그는 소리를 그만두고 고향으로 내려왔다. 낙향한 명창들 대부분이 간간
이 소리를 하면서 제자들을 키운 것에 반해, 그는 모든 것을 작파했다. 그
저 술로 세상을 보냈다. 1908년, 결국 쇠약해진 몸으로 세상을 하직했다. 그
의 나이 52세였다.

자신의 몸을 학대한 것은 잘했다 할 수 없겠지만 그가 그만큼 시대를 잘
알고 가슴으로 품었다는 사실은 주목할 만하다. 뒷사람들은 그를 두고 "장
차 나라가 망할 것을 예감했다."고 평했다. 사회의식과 시대감각이 뛰어났다
는 것이다.

'흥보가'와 '강남스타일', 다르지만 같은

판소리를 듣다 보면 박자와 가락은 예스럽지만 내용은 요즘 나온 노래나 진배없다는 느낌을 받는 대목이 심심찮게 등장한다. 그중의 하나가 '돈타령'이다. 수백 년 전의 탄식이지만, 어쩌면 이 시대 소시민들의 목소리와 그리도 같을까.

"이 돈의 근본을 자네 아나? 잘난 사람도 못난 돈, 못난 사람도 잘난 돈, 맹상군의 수레바퀴처럼 둥글둥글 생긴 돈, 생살지권을 가진 돈, 부귀공명이 붙은 돈. 이놈의 돈아! 아나, 돈아! 어디 갔다 이제 오느냐? 얼씨구나 절씨구. 돈 돈 돈 돈, 돈 돈 돈 돈 봐라!"

　— 박녹주(朴綠珠·1906~1979) 바디 '흥보가' 중에서

돈이 범(虎) 같다. 사람들은 무서운 대상을 희화화하는 정신적 습관이 있다. 흥부가 돈 이야기를 할 때도 마찬가지다. 돈이 없어서 굶고 헐벗고, 이 고생 저 고생 생고생에, 나중에는 남의 매를 대신 맞아주는 일까지 할 지경이 되었지만, 그래도 돈을 노리개처럼 혀에 올리고서 '돈 돈 돈 돈' 하면서 들까분다. 나중에는 제비가 물어다준 박 덕분에 돈이 아주 우습게 되어버린다. 흥부의 착한 심성 아래 고양이처럼 온순해져서 흥부가 하는 말을 고분고분 다 들어준다. 놀부 밑에 있을 땐 그렇게 범 같던 돈이었는데 말이다.

가장 최근에 발표된 '돈타령'을 대라고 하면 '강남스타일'이 아닐까. 가사엔

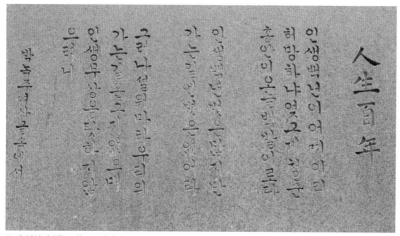

구미 선산에 있는 박녹주 기념비.

'돈타령'처럼 적극적인 내용이 없지만 노래가 소위 강남으로 대변되는 물질주의나 양극화를 비꼬고 있다는 것은 '미국' 사람들도 반듯하게 알아차렸다. 미국인들이 동양의 무명가수에 그토록 호응한 것도 그 속에 담긴 '의식' 때문이었을 것이다.

강남스타일의 의식을 혹은 우스꽝스런 모습을 판소리와 직접 연결시키긴 어렵지만, 한반도에 최초의 양극화 사태가 벌어졌을 때 '흥보가'가 나온 걸 보면 분명 유사성은 있어 보인다. 세계인들이 '흥보가의 탄생 배경과 가사를 알게 된다면 '강남스타일' 이상으로 호응을 보이지 않을까. 그런 즐거운 상상을 해본다.

노래는 감성의 장르다. 기본적으로 그렇다. 그러나 대중들은 가수들도 생각하지 못한 의미를 담곤 했다. '아침이슬'은 스무 살 청춘의 불안을 노래한 것이지만, 청춘들에 의해 시대상을 대변하는 노래로 재탄생했고, 앞에서 살펴본 '유정천리'는 아예 가사를 바꿔서 한반도에서 가장 위대한 시위를 이끌어내는 불쏘시개로 썼다.

오늘날 이 땅에 살고 있는 사람들의 '노래 활용법'을 보면, 판소리를 즐기던 우리 조상님들도 그저 재밌는 이야기나 유행가로 생각하고 판소리를 듣고 있지는 않았을 듯하다.

판소리가 가장 많이 공연된 곳이 시장이었고, 시장은 다양한 민중운동이 일어나는 진원지였다. 한 방을 쓰는 남녀에게 아무 일 없기를 기대하기 힘든 것처럼, 판소리와 민중운동 역시 무관하게 흘러가지 못했을 것이다.

기생의 한계, 그 시대의 한계

그러나 기생은 판소리 속의 의식을 온전히 담아내기가 힘들었다. 심지어 '의미'를 실어 나르는 가장 중요한 수단인 아니리를 생략하거나 축소하기도 했다.

태생적인 한계 때문이었다. 한계는 직업적이 아니라 태생적이었다. 남존여비의 사고가 워낙 강했던 까닭에 여자라는 것만으로 말과 행동에 많은 제약을 받았다.

여자들이 소리를 하는 데 대해 예전부터 말이 많았던 듯하다. 박동진이 어느 인터뷰에서 이 부분에 대해 명징한 기억 하나를 끄집어냈다. 이동백 명창이 제자들에게 "이놈덜, 계집덜 소리 가르쳐놓고 압제 받는다." 하고 말했다는 것이다. 아무래도 예쁘장한 여자들이 노래를 부르면 훨씬 더 좋아하기 마

진주 촉석루. 의기 논개의 충절이 서린 곳으로 경상남도 문화재자료 제8호로 지정되었다.

런이고, 그러다 보면 남자 명창들이 활동에 지장을 받는다는 뜻이었다. 여류 명창들이 들으면 섭섭하겠지만 사실이 그랬다.

이보다 더 중요한 문제도 있었다. 옛 여류 명창들은 판소리를 온전하게 배우지 못했다. 아니, 배우더라도 배운 대로 공연을 하지 못하는 경우가 많았다. 소리판에 여자들이 늘어나면서 재담이 줄어들었다. 여자 입장에서 입에 올리기 껄끄러운 내용이 많이 섞여 있는 까닭이었다. '흥보가' 중 '놀보 박 타는 대목'이 거의 전승이 중단된 것도 그러한 이유다.

그렇다고 기생들이 숨만 죽이고 살았던 건 아니다. 시대적 한계에도 불구하고 '춘향이'처럼 나름대로 자기 목소리를 냈다. 이런 건 요즘 여자 가수들도 본받아야 한다.

기생은 상대적으로 자유로운 사람들이었다. 상류층과 자유롭게 접촉하면서 새로운 정보와 사상도 빨리 흡수했다. 이런 배경 덕에 사회운동가·노동운동가로 부각된 기생이 적지 않았다. 사회에 눈을 뜨다 보니 사회적 의무에 대해서도 보통 여자들보다 민감했을 것이다.

1925년 한강이 범람했다. 가옥 수천 채가 유실됐다. 이때 조선 최초의 여기자로 알려진 최은희와 함께 명월관 기생들이 구호작업을 벌였다. 또한 동래 권번 기생은 국산품(조선물산) 애용운동을 실행했고, 1926년 진주 기생 네 명은 일신학교를 지을 땅을 사는 데 기부하는 사람들에게 점심을 대접했다. 장금향이라는 기생은 1933년에 10년 동안 모은 돈을 사회사업에 써달라고 경성부와 전남도청에 500원씩 기부했으며, 1936년 안악 권번의 최금홍은 고등학교를 설립하는 데 보태달라며 100원을 희사했다. 기생들은 우리나라 최초의 근대적 여성운동단체 근우회에도 적극 가담했다.

요컨대 기생을 '꽃'으로만 보는 건 억울한 처사다. 비난받을 만한 이들도 많았겠지만, 자신의 처지에서 나름 의미 있는 사회적 활동을 하려고 애썼던 이들도 적지 않았다. 대구에서도 국채보상운동에 가장 적극적인 동조자들이 기생이었다.

비약일 수도 있겠지만, 기생들의 사회활동은 소리 선생에게 판소리를 배우면서 그 속에 녹아든 사회의식을 무의식중에 흡수한 영향도 있었을 것이다.

이제는 시대가 달라졌다. '기생'이란 타이틀이 사라진 지 반세기가 넘었다. 시대가 변한 만큼 여자라서 못하는 얘기는 없다. 아직도 보수적인 시각을 가진 이들이 많지만, 그럼에도 자기 생각을 드러내는 데 있어서는 제약이 거의 없어졌다. 그렇다면 진정한 '여류 명창'의 탄생은 이 시대에 가능해진 것이 아닐까. 특히 대구·경북은 명창의 고장으로 명성을 날렸던 만큼 다음 세대에서도 (시대성을 담은) 수많은 명곡을 탄생시킬 것으로 기대한다.

그대들과 동시대를 사는 건 행운

지금껏 우리가 만났던 명곡들은 대개 그 시대에 깊이 뿌리를 내리고 있다. 그런 노래들은 대중의 가슴에 영원히 잊히지 않는다. 심지어 대중들은 노래의 본뜻과 상관없이 가사를 바꿔서라도 자기 노래로 만들어버린다. 그처럼 노래는 곧 대중들의 마음을 대변하는 멜로디에 얹힌 웅변이라고 해도 과언이 아니다. 여기서 벗어나는 히트곡은, 단언컨대 없다.

이런 예를 찾으라고 하면 아마 가장 오래된 노래부터 시작해야 할 것이다. 비교적 가까운 것들만 대강 골라서 말하더라도 5대 판소리 모두 그 시대 사람들의 심정을 담고 있다. 울고 싶고, 웃고 싶고, 소리치고 싶은 심정을 광대들이 대신 표현해주었다. 판소리가 '조선을 울리고 웃긴' 비결이 바로 여기에 있다.

근대 이후의 가요도 마찬가지다. 차마 밖으로 드러내지 못할 말, 해도 해도 또 마음 밖으로 튀어나오는 한스러운 말들이 노랫말과 곡조에 담겼고, 이를 들으며 일제강점기의 조선이 혹은 대한민국이 울고 웃은 적은 얼마나 많았던가.

대중은 변하지 않았다. 관심을 가지는 분야는 바뀌었지만, 내가 가장 하고 싶은 말을 대변해주는 노래를 찾는 마음은 여전하다. 그래서 사랑노래는 늘 히트한다. '사랑'은 언제나 우리 마음을 맴도는 만고불변의 테마이므로.

'악동 뮤지션'이 막 등장한 즈음, 어느 고등학생에게 이런 말을 들었다.

"악동 뮤지션과 동시대에 산다는 것이 행운이라고 생각해요."

그 학생은 '악동 뮤지션'이 '내 말'을 노래로 지어 부른다는 생각을 했던 것이다. 그는 아마도 평생토록 '악동 뮤지션'의 노래에 울고 웃을 것이다. 그들이 대중과의 교감을 끊지 않고, 데뷔 때처럼 진실한 마음을 담아내는 노력을 게을리하지 않는다면. 조금 더 나이 들어 시대와 세상을 보는 눈을 점점 더 깊게 만들어간다면.

우리는 기다린다. 돈 없는 설움을 흥부와 박을 타며 날렸던 우리 조상들처럼, '굳세어라 금순아'를 들으며 깊은 공감을 느끼고 '새마을 노래'를 들으며 아침잠을 쫓았던 우리 부모님들처럼, '이등병의 편지'에 눈시울을 붉히며 군대로 갔던 푸르른 청년들처럼, 세상을 향해 우리의 마음을 외쳐줄 노래를 기다리고 있다. *

마치면서

노래하는 역사

1년 남짓 가요만 생각하면서 살았다. 지역과 인연이 깊은 가요, 그것도 히트곡만 가지고 책 한 권을 낼 수 있을까 고민했다. 과연 읽을거리가 될 수 있을까, 하는 걱정도 했다.

결론적으로 말하자면, 기우였다.

가요를 공부하면 할수록 한때 유행하는 지나간 노래가 아니라는 생각이 들었다. 음악적으로는 클래식보다 떨어지는 곡들도 있고, 가사도 덜 세련된 대목도 많았지만, 그 속에 시대의 눈물과 한숨, 기쁨이 고스란히 담겨있었다.

글을 쓰면서 테마로 잡은 가요를 듣고 또 들었다. 그러다 문득 이런 생각이 들었다. 역사가 노래를 하는 것인지도 모른다는.

비약해서 말하자면, 역사는 '역사책'에 갇혀있지 않다. 서양으로 치면 오페라와 연극에 가장 '리얼'한 형태로 담겨있다. 우리도 마찬가지다. 판소리와 가요는 가장 절절한 목소리를 담고 있다.

'유정천리'를 예로 들자면, 역사책에는 4.19에 관한 여러 사실들이 다양하게 담겨있지만, 그 시대의 청춘들이 얼마나 절절했던가는 느낄 수 없다. 가요는 그 시대의 목소리와 감성을 가장 온전하게 담아서 전하는 역사가 아닐까.

책을 맺을 즈음 생각했다. 이제 시작이다. 우리나라에서 나온 가요들 중에 '명곡'으로 손꼽히는 곡은 수백, 수천 곡에 이른다. 이 가요들을 바탕으로 우리 삶의 다양한 국면을 이야기할 수 있을 것이다. 한때 문화 답사가 붐을 이룬 것처럼, 가요로 읽는 '살아있는' 역사 이야기가 많이 나타나길 기대한다.

다른 지역에서도 '가요로 읽는 지역 근현대사'를 주제로 한 책들이 나왔으면 한다. 가요로 지역의 삶과 역사를 읽으면 훨씬 더 재밌게 다가올 듯하다.

가요 따라가요

노래비 찾아 떠나는 여행

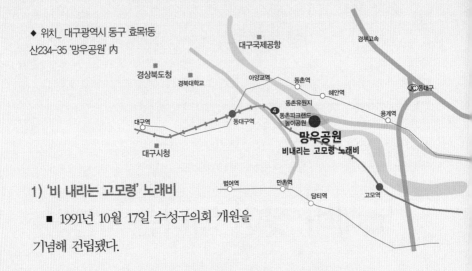

◆ 위치_ 대구광역시 동구 효목1동
산234-35 '망우공원' 內

1) '비 내리는 고모령' 노래비

■ 1991년 10월 17일 수성구의회 개원을
기념해 건립됐다.

어머님의 손을 놓고 돌아설 때엔
부엉새도 울었다오 나도 울었소
가랑잎이 휘날리는 산마루턱을
넘어오던 그날 밤이 그리웁구나

맨드라미 피고 지고 몇 해이던가
물방앗간 뒷전에서 맺은 사랑아
어이해서 못 잊느냐 망향초 신세
비 내리는 고모령을 언제 넘느냐

눈물 어린 인생고개 몇 고개이더냐
장명등이 깜박이는 주막집에서
손바닥에 서린 하소 적어가면서
오늘 밤도 불러본다 망향의 노래

– '비내리는 고모령'
유호(俞湖·1921~) 작사
박시춘(朴是春·1914~1996) 작곡
현인(玄仁·1919~2002) 노래
1948년 발표

2) 고복수 '타향살이' 노래비

■ '타향살이'를 부른 고복수(1912~1972)는 울산 중구 병영동 출신이다. 노래비는 제4회 고복수 가요제가 열렸던 1991년 10월 17일에 건립됐다.

타향살이 몇 해던가 손꼽아 헤어보니
고향 떠난 십여 년에 청춘만 늙어

– '타향살이'
김능인(金陵人·1911~?) 작사
손목인(孫牧人·1913~1999) 작곡
고복수(高福壽·1911~1972) 노래
1933년 발표

부평 같은 내 신세가 혼자도 기막혀서
창문 열고 바라보니 하늘은 저쪽

고향 앞에 버드나무 올 봄도 푸르련만
호드기를 꺾어 불던 그때는 옛날

타향이라 정이 들면 내 고향 되는 것을
가도 그만 와도 그만 언제나 타향

◆ 위치_ 울산광역시 중구
북정동 북정공원 동헌 앞

3) 고복수·황금심 '타향살이' 노래비

■ 고복수·황금심 부부 가수는 서울 상개동 당현천변에 거주한 적이 있었다고 한다. 두 사람은 우리나라 최초의 스타 부부 가수였다. 노래비에는 고복수의 히트곡 '타향살이' 1절과 황금심의 대표곡 '알뜰한 당신'의 1절이 새겨졌다. 노래비는 2009년에 세웠다.

울고 왔다 울고 가는 설운 사정을
당신이 몰라주면 그 누가 알아주나요
알뜰한 당신은 알뜰한 당신은
무슨 까닭에 모른 척하십니까요

만나면 사정하자 먹은 마음을
울어서 당신 앞에 하소연할까요
알뜰한 당신은 알뜰한 당신은
무슨 까닭에 모른 척하십니까요

－'알뜰한 당신'
　이부풍(李扶風·1914~1982) 작사
　전수린(全壽麟·1907~1984) 작곡
　황금심(黃琴心·1921~2001) 노래
　1935년 발표

당현2교사거리
상명고등학교
상계백병원
사거리
인제대학교
상계백병원
한국성서
대학교
당현천
노해근린공원
● 상계동 당현천변
당현천
근린공원
고복수 황금심 노래비
신애요양병원
노원구 마들스타디움

◆ 위치_ 서울특별시 노원구 상계동 당현천변

4) 왕평 '황성옛터' 노래비

■ 1989년에 세워졌다. 영천은 왕평의 고향으로 왕평가요제를 열고 있다. 가요제는 2014년 19회째를 맞았다.

황성 옛터에 밤이 되니 월색만 고요해　　　　　　－'황성옛터'
폐허에 서린 회포를 말하여 주노라　　　　　　　　왕평(王平·1908~1940) 작사
아, 가엾다, 이 내 몸은 그 무엇 찾으려고　　　　　전수린(全壽麟·1907~1984) 작곡
끝없는 꿈의 거리를 헤매어 있노라　　　　　　　　이애리수(李愛利秀·1910~2009) 노래
　　　　　　　　　　　　　　　　　　　　　　　　1928년 발표

성은 허물어져 빈터인데 방초만 푸르러
세상이 허무한 것을 말하여 주노라
아, 외로운 저 나그네, 홀로서 잠 못 이루어
구슬픈 벌레소리에 말없이 눈물져요

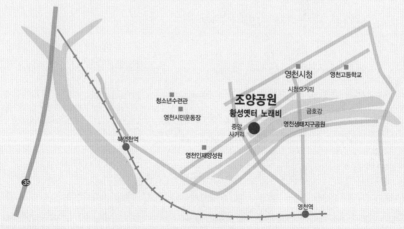

◆ 위치_ 경북 영천시 창구동 1번지 조양공원 영천문화원 옆

5) 남인수 '애수의 소야곡' 노래비 & 남인수 동상

■ 동상은 2001년 건립했다. 높이가 6.5m로 부산 동인병원 오성광 이사장의 성금으로 동아대 김학재 교수가 제작했다. 동상 옆에 '애수의 소야곡' 가사를 새긴 돌을 세웠다.

운다고 옛사랑이 오리오마는
눈물로 달래보는 구슬픈 이 밤
고요히 창을 열고 별빛을 보면
그 누가 불어주나 휘파람 소리

차라리 잊으리라 맹세하건만
못생긴 미련인가 생각하는 밤
가슴에 손을 얹고 눈을 감으면
애타는 숨결마저 싸늘하구나

무엇이 사랑이고 청춘이던고
모두 다 흘러가면 덧없건마는
외로이 느끼면서 우는 이 밤은
바람도 문풍지에 애달프구나

– '애수의 소야곡'
이부풍(李扶風·1914~1982) 작사
박시춘(朴是春·1913~1996) 작곡
남인수(南仁樹·1918~1962) 노래
1937년 발표

◆ 위치_ 경남 진주시 판문동 진양호
(경호강과 덕천강이 만나는 곳에 위치한 인공호수)

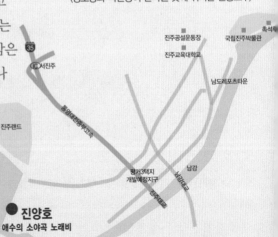

6) 박시춘 동상 & '애수의 소야곡' 노래비

■ 2001년 밀양시에서 박시춘의 생가를 복원하면서 노래비와 흉상을 세웠다.

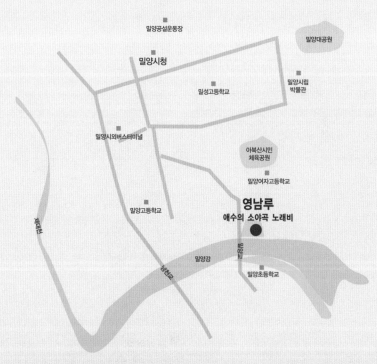

◆ 위치_ 경남 밀양시 내일동 영남루 옆

7) '물레방아 도는데' 노래비

■ 경남 하동군 고전면 성평리 고전초등학교에서 약 10분 거리에 있다. 정두수는 이 노래비 외에도 전국에 12개의 노래비가 더 있다. 가장 대중적인 작사가답다.

돌담길 돌아서며 또 한 번 보고
징검다리 건너갈 때 뒤돌아보며
서울로 떠나간 사람
천리타향 멀리 가더니
새봄이 오기 전에 잊어버렸나
고향의 물레방아 오늘도 돌아가는데

두 손을 마주잡고 아쉬워하며
골목길을 돌아설 때 손을 흔들며
서울로 떠나간 사람
천리타향 멀리 가더니
가을이 다 가도록 소식도 없네
고향의 물레방아 오늘도 돌아가는데

– '물레방아 도는데'
정두수(鄭斗守·1937~) 작사
박춘석(朴椿石·1930~2010) 작곡
나훈아(羅勳兒·1947~) 노래
1972년 발표

◆ 위치_ 경남 하동군 고전면 성평리
주교천변 고하교 옆

218

8) '굳세어라 금순아' 노래비

■ 영도대교는 부산광역시 중구와 영도구를 연결한 다리다. 노래비는 2004년에 세웠다. 현인은 부산 영도구 영선동에서 태어나 초등학교 입학 전까지 살다가 동래군 구포면(현재 부산 북구 구포동)으로 이사를 갔다. 고향에 세워진 노래비인 셈이다. 영도다리는 피난민들이 한국전쟁 당시 "혹시 헤어지면 그곳에서 다시 만나자."고 약속을 했던 장소라고 한다.

눈보라가 휘날리는 바람찬 흥남부두에
목을 놓아 불러봤다 찾아를 봤다
금순아 어디를 가고 길을 잃고 헤매었던가
피눈물을 흘리면서 1.4이후 나 홀로 왔다
일가 친척 없는 몸이 지금은 무엇을 하나
이 내 몸은 국제시장 장사치다
금순아 보고 싶구나, 고향 꿈도 그리워진다
영도다리 난간 위에 초생달만 외로이 떴다
철의 장막 모진 설음 받고서 살아를 간들
천지간에 너와 난데 변함 있으랴
금순아 굳세어다오 남북통일 그날이 되면
손을 잡고 울어보자 얼싸 안고 춤도 춰보자

– '굳세어라 금순아'
박시춘 작곡
강사랑(姜史浪·1910~1985) 작사
현인 노래
1953년 발표

◆ 위치_ 부산광역시 영도대교 입구

9) '새마을 노래' 노래비

■ 새마을운동과 관련해서 포항 기계면 문성리와 경북 청도군 신도 마을 사이에 '발상지' 논쟁이 진행 중이다. 이와는 상관없이 노래비는 포항 쪽에 서 있다.

새벽종이 울렸네 새아침이 밝았네
너도 나도 일어나 새마을을 가꾸세
살기 좋은 내 마을 우리 힘으로 만드세

초가집도 없애고 마을길도 넓히고
푸른 동산 만들어 알뜰살뜰 다듬세
살기 좋은 내 마을 우리 힘으로 만드세

우리 서로 도와서 땀 흘려서 일하고
소득증대 힘써서 부자마을 만드세
살기 좋은 내 마을 우리 힘으로 만드세

우리 모두 굳세게 싸우면서 일하고
일하면서 싸워서 새 조국을 만드세
살기 좋은 내 마을 우리 힘으로 만드세

– '새마을 노래'
박정희(朴正熙·1917~1979)
작사·작곡

봉좌산
봉좌산 지게재
새마을 노래 노래비

기계면 ⓘⒸ 서포항
기계천
익산포항고속

◆ 위치_ 지게재. 포항시 기계면과 경주시 안강면의
경계에 선 '봉좌산'의 한 고갯마루

독락당   흥덕왕릉   인계저수지
양동민속마을
안강읍

10) '김광석 길'

■ 전국의 '길' 중에서 가장 성공한 길이 아닐까. 김광석 길 덕분에 '비'보다 '길'이 더 유행할지도 모르겠다. 거리 덕분에 한산하던 시장에 사람들의 발길이 쏟아지기 시작했다. 가수 채환이 매주 토요일과 일요일에 정기 공연을 하고 있다.

검은 밤의 가운데 서 있어
한치 앞도 보이질 않아
어디로 가야 하나 어디에 있을까
둘러봐도 소용없었지
인생이란 강물 위를 뜻 없이 부초처럼 떠다니다가
어느 고요한 호숫가에 닿으면 물과 함께 썩어가겠지

일어나 일어나 다시 한번 해보는거야
일어나 일어나 봄의 새싹들처럼

끝이 없는 날들 속에 나와 너는 지쳐가고
또 다른 행동으로 또 다른 말들로
스스로를 안심시키지
인정함이 많을수록 새로움은 점점 더 멀어지고
그저 왔다갔다 시계추와 같이
매일매일 흔들리겠지

- '일어나'
김광석(1964~1996)
작사 · 작곡 · 노래
1994년 발표

일어나 일어나 다시 한번 해보는 거야
일어나 일어나 봄의 새싹들처럼

가볍게 산다는 건 결국은 스스로를 얽어매고
세상이 외면해도 나는 어차피 살아 살아있는걸
아름다운 꽃일수록 빨리 시들어가고
햇살이 비추면 투명하던 이슬도 한순간에 말라버리지

일어나 일어나 다시 한번 해보는 거야
일어나 일어나 봄의 새싹들처럼

일어나 일어나 다시 한번 해보는 거야
일어나 일어나 봄의 새싹들처럼

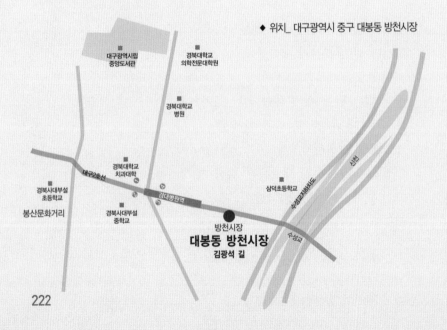

◆ 위치_ 대구광역시 중구 대봉동 방천시장

11) 박녹주 기념비

■ 1979년 5월 26일 오후 1시, 혈육 한 점 없이 영면에 든 박녹주를 기념해 1981년에 건립했다. 돌에는 그가 생전에 쓴 글이 새겨져 있다. 비의 정확한 이름은 '인간문화재 제5호 박녹주 여사 기념비'다.

인생 백년이 어찌 이리 허망하냐,
엊그제 청춘홍안이 오늘 백발이로다.
인생 백년 벗은 많지만 가는 길엔 벗이 없어라.
그러나 설워 마라 우리 가는 길은 그지없으매,
인생무상을 탓하지 않으려니.

– 박녹주(朴綠珠·1905~1979) 글

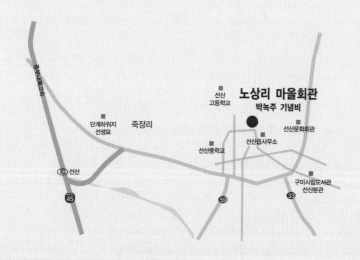

◆ 위치_ 경북 구미시 선산읍 노상리 마을회관 앞 놀이터

참고자료

비 내리는 고모령
- 《조선을 떠나며》 / 이연식 / 역사비평사 / 2012
- 《기생은 어떻게 만들어졌는가》 / 이경민 / 아카이브북스 / 2005
- 《조선잡기》 / 혼마 규스케 / 최혜주 옮김 / 김영사 / 2008

굳세어라 금순아
- 《호질 양반전 허생전 외》 / 박지원 / 이민수 옮김 / 범우사 / 2000
- 《택리지》 / 이중환 / 허경진 옮김 / 서해문집 / 2007
- 《징비록》 / 유성룡 / 김흥식 옮김 / 서해문집 / 2003
- 《신선들의 잔치에 초대받은 남자》 / 이용수 / 시타델 / 2013

유정천리
- 《유술록》 / 권인호·박찬호 / 임옥균 옮김 / 학고방 / 2012
- 《낙중학의 원류》 / 홍원식 외 / 계명대학교 출판부 / 2013
- 《우리가 정말 알아야 할 우리 대중가요》 / 신성원 / 현암사 / 2008
- 《동양 고전과 역사 / 비판적 독법》 / 천쓰이 / 김동민 옮김 / 글항아리 / 2014
- 《피로사회》 / 한병철 / 김태환 옮김 / 문학과 지성사 / 2012
- 《조선 전문가의 일생》 / 규장각한국학연구원 / 글항아리 / 2010

새마을 노래 /
월급 올려주세요
- 《조선시대 정치 틀과 사람들》 / 오수창 / 한림대학교 출판부 / 2010
- 《조선의 발칙한 지식인을 만나다》 / 정구선 / BF북스 / 2012
- 《이황&이이 조선의 정신을 세우다》 / 조남호 / 김영사 / 2013
- 《대한민국에 고함》 / 백영훈 / 씨앗을뿌리는사람들 / 2005
- 《조선시대 경상도의 권력 중심 이동》 / 김성우 / 태학사 / 2012
- 《조선의 옛 사람들에게서 우리를 만나다》 / 이성무 / 설석규 외 3인 / 푸른사상 / 2011

물레방아 도는데
- 《누들》 / 크리스토프 나이트하르트 / 박계수 옮김 / 시공사 / 2007
- 《한국 문화 이야기》 / 폴 크레인 / 천사무엘 외 2명 옮김 / 동연 / 2011
- 《조선 왕들, 금주령을 내리다》 / 정구선 / 팬덤북스 / 2014
- 《장악원, 우주의 선율을 담다》 / 송지원 / 추수밭 / 2010

일어나 / 파이팅
- 《20세기 한일관계사》 / 정재정 / 역사비평사 / 2014
- 《또 하나의 일본》 / 데이비드 스즈키·쓰지 신이치 / 이한중 옮김 / 양철북 / 2014
- 《예루살렘의 아이히만》 / 한나 아렌트 / 김선욱 옮김 / 한길사 / 2006
- 《히틀러에 붙이는 주석》 / 제바스티안 하프너 / 안인희 옮김 / 돌베개 / 2014
- 《교주본 심청가》 / 최동현·최혜진 / 민속원 / 2005

홍보가 /
강남스타일
- 《여러분이시여 기쁜 소식이 왔습니다》 / 김은신 / 김영사 / 2008
- 《기생은 어떻게 만들어졌는가》 / 이경민 / 아카이브북스 / 2005
- 《명창들의 시대》 / 윤석달 / 작가정신 / 2006
- 《한국전통음악가연구》 / 손태룡 / 보고사 / 2011
- 《기생, 조선을 사로잡다》 / 신현규 / 어문학사 / 2010